教育部人文社会科学研究
青年基金项目（20YJC740014）

Studies on English Translation of *Prince Zhao Shutun: An Ancient Dai Ballad*

傣族叙事诗《召树屯》英译研究与实践

Daizu Xushishi《Zhao Shutun》
Yingyi Yanjiu Yu Shijian

郝会肖 任佳佳 著
By Hao Huixiao & Ren Jiajia

云南大学出版社
YUNNAN UNIVERSITY PRESS

图书在版编目（CIP）数据

傣族叙事诗《召树屯》英译研究与实践 / 郝会肖，任佳佳著. -- 昆明：云南大学出版社，2022

ISBN 978-7-5482-4479-0

Ⅰ. ①傣… Ⅱ. ①郝… ②任… Ⅲ. ①傣族－叙事诗－英语－翻译－研究－中国 Ⅳ. ①H315.9②I207.2

中国版本图书馆CIP数据核字(2021)第227705号

策划编辑： 万　斌
责任编辑： 万　斌
封面设计： 王婳一

Studies on English Translation of
Prince Zhao Shutun:An Ancient Dai Ballad

傣族叙事诗《召树屯》英译研究与实践

郝会肖　任佳佳　著
By Hao Huixiao & Ren Jiajia

出版发行： 云南大学出版社
印　　装： 廊坊市海涛印刷有限公司
开　　本： 787mm × 1092mm　1/16
印　　张： 11.75
字　　数： 220千
版　　次： 2022年8月第1版
印　　次： 2022年8月第1次印刷
书　　号： ISBN　978-7-5482-4479-0
定　　价： 68.00元

社　　址：昆明市一二一大街182号（云南大学东陆校区英华园内）
邮　　编：650091
发行电话：0871-65033244　65031071
网　　址：http://www.ynup.com
E － mail：market@ynup.com

序

习近平总书记强调加强国际传播能力建设，要求讲好中国故事，传播好中国声音，展示真实、立体、全面的中国。这是新时代国际文化交流和世界文明互鉴的重要任务。习近平总书记对外语界和新闻界寄予很高期望并做出重要指示。对我们外语工作者和翻译工作者而言，就是要充分发挥语言服务功能和优势，积极推动中华文化走出去，以文化交流促进国际经济发展，重视翻译对铸牢中华民族共同体意识、人类命运共同体、对外话语体系建设、创新人才培养等领域的积极作用；通过语言服务助力国家形象提升，传承和弘扬具有中国特色、中国风格、中国气派的中华文化遗产。

翻译是国际传播能力建设的重要前提，因为翻译产生于语际，产生于不同国家。没有翻译能力，就难产生传播。

翻译是提升国际传播能力的最有效、最直接的途径之一。国家一直利用翻译这个强有力的手段进行国际传播。20 世纪两次国家翻译行为极大地推动了中国文化的国际传播，即“熊猫丛书”和“大中华文库”。“大中华文库”共出版 111 本中国典籍英译本。现在“大中华文库”在用“一带一路”沿线国家语言出版作品。用多语出版，使国际社会了解我们的思想，促进相互理解和沟通，有利于“一带一路”倡议的实施，能促进国际话语权的提升。

国内越来越多从事外语教育的专家学者和后起之秀开始从事典籍翻译研究和实践工作，将如此丰富、如此伟大的中华优秀文化翻译介绍给世界，这不仅彰显了一种文化自觉，更是一种文化自信。翻译是国际传播能力建设的重要前提，许多老一辈的翻译家如苏曼殊、初大告、孙大雨、杨宪益和戴乃迭夫妇、刘重德、许渊冲、汪榕培、王宏印等一大批学者自20世纪初期就开始前赴后继地翻译优秀的中华文化典籍和民族典籍，使国际社会对中国厚重的历史文化底蕴、文明形态的多样性有了深入了解，促进了国家之间的相互理解与交流，为“一带一路”倡议的实施、促进人类命运共同体的构建做出了贡献。

新中国成立以来，党和国家十分重视中华文化典籍的发掘、整理、翻译和弘扬工作。“熊猫丛书”“大中华文库”工程和中华学术外译项目等，集中体现了国家对传承和保护中华民族传统文化，提升国际话语权的重视。近年来，典籍翻译研究更是充满活力，研究者队伍遍及中国各地，典籍翻译实践硕果累累；出版界的民族文化保护与宣传意识日益增强，积极为广大学者搭建出版平台；民族典籍翻译学术团体在团结民族典籍翻译学者、服务国家和地方发展方面的引领作用日益凸显；从事民族典籍研究和民俗学研究的学者形成了跨学科的协同创新。总之，民族典籍翻译队伍逐渐壮大，题材逐渐扩大，对推动文明交流和文明共享有着积极的意义。因而，凡是有利于促进国际文化交流和世界文明互鉴的工作，我们都要参与进来；凡是能促进中华民族共同体和人类命运共同体建设的工作，我们都要行动起来。

各民族文化和文学都很重要，只有把各民族典籍也介绍给国内和国外的读者才是完整的中华文化。民族典籍翻译不仅能让国外读者对我国的民族政策有更好的了解，更能够促进民族团结和提升民族文化自信。

云南少数民族创造了辉煌的文化，是民族典籍翻译的重地之一，其中浩瀚的古籍典藏亟待发掘、研究和弘扬。许多学者看中了云南的民族典籍。云南师范大学和中南民族大学两个翻译团队在翻译云南民族典籍方面成果集中，成就突出，为民族典籍翻译做出重大贡献。其他区域的不少学者也在翻译当地民族典籍方面功不可没。兹不赘言。

青年学者郝会肖和任佳佳的这部专著《傣族叙事诗〈召树屯〉英译研究与实践》正是顺应国家文化发展战略，自觉为弘扬中华文化和沟通民族情感而做出的一份努力。

傣族位于祖国边疆，傣族人民居住的地方多与缅甸、老挝、越南等东南亚国家接壤，处在与周边国家进行各种交流的重要位置。《召树屯》作为傣族文学史上的一颗璀璨明珠，主要讲述了召树屯王子的出生、成长、戍边和最终成为百姓爱戴的民族英雄的故事。因而，《召树屯》不仅歌颂了忠贞不渝的爱情，更是一部呈现傣族人民追求安居乐业、崇德尚礼、厚植家国情怀和稳定边疆的史诗画卷。

这部长诗经岩叠、陈贵培汉译，王松、刘绮、陈贵培整理后，首次发表在1956年12月的《边疆文艺》上，成为新中国成立后被译为汉文本的首部傣族文学作品。翻译家戴乃迭（Gladys Yang）在担任外文出版社翻译部专家期间，编译了《召树屯》这部叙事长诗，并题为“孔雀姑娘”，成为西方了解中国少数民族民间文化的读物，迄今在国外著名大学图书馆和研究机构都有收藏。2008年，傣族叙事长诗《召树屯》被列入第二批“国家级非物质文化遗产保护名录”，越来越多的国外学者正被傣族文化的多样性吸引。正是因为中华文化厚德载物的包容精神，才孕育出丰富多元的民族语言文字，创造出灿烂多彩的民族文化，像《召树屯》这样的民族典籍才能历久弥新、久唱不衰，成为优秀少数民族文化的“活化石”。

本书研究部分通过多元的理论视角再现了我国文化多样和谐的民族特征，挖掘了这部非物质文化遗产具有的多模态属性，阐释了其在中华民族共同体意识建构方面所具有的隐喻功能。“视之悦目、听之悦耳、读之上口、思之入心”的译文能够充分阐释诗歌的张力，产生审美效应。因而，实践部分尝试采用民谣体这一诗化的语言和韵体节奏，以再现傣族诗歌的形式之美和音韵之美。

郝会肖和任佳佳都是河北师范大学外国语学院的优秀硕士毕业生，毕业后奔赴云南参加工作，不仅在各自单位潜心教学，还深深地爱上了云南少数民族文化，加入中国民族典籍英译实践与研究中来。郝会肖曾在国外从事过对外汉语教学，早就开始了传播中国文化的工作，知道外国读者喜欢怎样的故事和叙事方式。任佳佳在湖南师范大学攻读博士学位，语言水平越来越高，学术视野越来越广阔。在著书期间，他们虚心向国内外典籍翻译研究领域的专家、汉学家求教，还经常参加国内外相关学术会议，他们与国内外专家学者之间的对话和合作为翻译实践的有效性做出了探索，也让外国友人共赏了我国丰富多彩的少数民族文化。

民族典籍翻译在提升民族文化自信和文化外交方面发挥着重要的功用。在探索民族文化对外传播的有效路径、积极参与中国对外话语体系的建设和促进东学西渐的进程中，民族典籍翻译领域专家和青年学者形成了团结协作、传承创新的学术共同体，对扭转民族典籍译介不足局面、走出当前对外传播边缘化困境起到了积极作用，向世界展现了我国绚丽多姿的民族文化景观。2021 年 10 月，全球生物多样性大会在云南昆明顺利召开，云南民族文化的多样性给来自世界各地的嘉宾留下了深刻的印象。希望这部著作能为弘扬云南丰富多彩的民族文化增添一分力量，能激励更多的青年学者投身于民族典籍翻译伟大事业，能够兼具中国视角和国际视野，共同开创新时代民族典籍英译实践与研究的新局面。

行而不辍，未来可期。民族典籍翻译与研究工作任重道远，民族典籍翻译与研究工作者大有可为！

希望郝会肖和任佳佳在这一领域继续辛勤耕耘，成果日益丰硕。

李正栓

2021 年 11 月

（李正栓，河北师范大学教授、中国英汉语比较研究会典籍英译专业委员会会长）

前 言

傣族是一个具有悠久历史和文化传统的民族，在与世界和各民族文化的交流互鉴中形成了独特的物质类和民俗类文化景观。根据“国家级非物质文化遗产名录”统计，有17种有代表性的傣族传统文化项目被列入名录予以保护，包括傣族象脚鼓、傣医药、泼水节、孔雀舞、象脚鼓舞、傣剧、赞哈说唱、剪纸、织锦、贝叶经制作技艺等，涵盖民间文学、传统舞蹈、传统戏剧、传统曲艺、传统美术、传统技艺、传统医药和民俗等八大门类，彰显了傣族文化生态的多样性特征。

叙事长诗《召树屯与喃婼娜》（以下简称《召树屯》）作为傣族文学的优秀代表，在叙事空间和艺术创作上承载了具有傣族特色的文学地理景观和文化传统，堪称是中华民族文学宝库中的一颗璀璨明珠。2008年，这部广为传颂的叙事长诗被列为第二批国家级非物质文化遗产。同时，在域外传播和接受中，《召树屯》以其丰富的民族文化承载量、少数民族女性形象建构和文学艺术表达形式等，成为一个代表典型中国少数民族美学的文化符号。

随着国内民族典籍翻译事业的发展，越来越多的民族典籍开始走上世界舞台，成为“一带一路”建设中文化交流的新名片。2017年，中国英汉语比较研究会典籍英译专业委员会会长李正栓教授在《典籍英译与民族典籍英译研究新成就》一文中指出，民族典籍翻译与研究事业关乎国家的稳定统一，关乎民族关系的和谐发展，关乎世界多元文化的实现。因而，作为民族和边疆地区高校的外语教育者，我们意识到民族典籍的翻译与研究是一种文化自觉和文化自信的表现，更是时代的使命。对于拯救和弘扬民族文化遗产，我们任重而道远。《召树屯》不仅是一部可歌可泣的爱情史诗，更凝聚了中华民族共同体的意识，传递了我国民族团结、热爱和平和亲仁善邻的国家形象。通过梳理和英译傣族非物质文化遗产《召树屯》，以民族文化符号阐释和形象建构为切入点，能够让外国读者看到我们是如何重视民族文化的，也让世界更加了解我们的民族政策。

本书共分为两个部分。第一部分为研究篇，由郝会肖、任佳佳撰写。在第一章、第二章和第三章，作者梳理了近代我国少数民族典籍的翻译和传播史，尤其是《召树屯》的译介和传播史，指出少数民族典籍在对外传播中面临的边缘化和断流的问题。通过论述少数民族典籍的发掘、整理、翻译和研究对少数民族文学的发展做出的卓越贡献，以及其在传播中国文化、文学和文明的过程当中起到的重要推动作用，提出探索一条“跨越文化距离，讲好民族故事，促进少数民族典籍国际传播的有效性”的可行路径。将我国经典的少数民族古籍珍品和非物质文化遗产译介给西方世界，对弘扬我国丰富多彩的民族文化、维护民族团结、促进中西方文化以平等的身份参与对话和交流具有重要价值。

在第四章、第五章和第六章中，作者以读者接受、多模态话语分析和民族志诗学等为理论框架，对《召树屯》进行了文本细读，指出少数民族文学和典籍翻译应力图跨越文化距离，在源语文化和新受众之间进行适当协调，以符合新媒介时代读者和观众的认知，促使少数民族文学在与新的媒介的互动中获得新的生命力。并以傣族谚语和文化意象等为案例分析的视角，对《召树屯》的三个英译本进行了平行研究。

第七章从社会符号学、文学社会学等视角对少数民族典籍翻译和传播在民族形象塑造和民族文化认同方面的重要功能展开论述。翻译是一种文化行为，更是一项建构社会和民族价值观的社会活动，一种通过继承、转移、借用、修改等手段创建、表述和完善某种概念和思想体系的过程。翻译作为一种对源文本的再创造和再阐释，以及铸牢中华民族共同体意识的一个重要途径，应在各种因素制约下能动地解读其张力，在文学观念、文本形态与媒介载体方面与读者进行不断对话。

本书第二部分为实践篇。在国内首次尝试以“歌谣体（Ballad）”的形式对《召树屯》进行“以诗译诗”的实践，由任佳佳、郝会肖英译。译者在英国剑桥大学英文系访学期间，很荣幸结识了剑桥大学圣约翰学院的两位驻校作家（The Writer in Residence）：*PN Review* 杂志主编、诗人迈克尔·施密德（Michael Schmid）以及《泰晤士报文学增刊》原副主编、诗人艾伦·詹金斯（Alan Jenkins）。两位诗人对这部傣族叙事诗中的爱情故事和民族艺术特征赞叹不已。在与施密德教授共享圣约翰学院的高桌晚宴期间，施密德教授指出诗歌翻译要保留原诗中的民俗特质，避免为迎合译入语读者而过度使用归化策略。在詹金斯教授的家中，詹金斯教授一边品尝着来自云南的小粒咖啡，一边完成了对全诗译文的审校，对译文的韵律和节奏提出了更好的修改建议，让译文在忠实原诗文体特征的同时，更贴合译入语的表达方式，让译文更易被英语国家的读者理解。在研究国外学者研究中国民族文学的文献资料的时候，我们了解到美国俄亥俄州立大学东亚系主任、中国文学和民间传说研究专家马克·本德尔（Mark Bender）教授一直致力于中国西南少数民族诗歌典籍的翻译和研究，出版了彝族叙事长诗《赛玻嫫》以及《苗族史诗》等的英文版。在访谈中本德尔教授说："好的东西应该传播，让世界共享，让更多的人感兴趣。"当我们把《召树屯》的译本通过邮件发给本德尔教授时，我们很快收到了他的回复："Thank you very much for sharing this nice translation. I am willing to write a short preface."（尽管诗人艾伦·詹金斯也曾允诺等我们把译本完善后交给他作序，但因为艾伦卸任了《泰晤士报文学增刊》副主编一职后退休在家，暂未能取得联系。）感谢马克·本德尔教授欣然答应为译文作序。在此向所有助力于中国民族文化走向世界的国际友人、专家学者表示衷心的感谢！

郭海霞、曾刚肯定了我们在民族学和译介学视角融合方面所做的努力，他们在《西南民族大学学报（人文社会科学版）》2021 年第 4 期的文章中说道："郝会肖和任佳佳考虑傣族经典诗歌《召树屯》在译介和传承方面存在的断流风险，从视觉、听觉和传播方面分析多模态翻译模式的建构，强调民族文化价值建构的过程。对《召树屯》的多模态译介有助于增强傣族同胞的文化认同感，演绎瑰丽民族文化精华。"对于学界专家对我们在民族典籍翻译研究领域上的成果的认可，我们当作是一种鼓励，我们更要脚踏实地地向民族典籍翻译研究领域的前辈请教，因为我们刚在民族典籍翻译研究的道路上迈出了蹒跚的一步。

这部著作为郝会肖主持的 2020 年度教育部人文社会科学研究青年基金项目

“多模态视阈下傣族叙事长诗《召树屯》英译与传播研究”（项目编号：20YJC740014）的研究成果。衷心感谢西南林业大学以及西南林业大学外国语学院李秀梅教授对民族典籍翻译研究事业和本研究成果提供的大力支持，感谢恩师李正栓教授在民族典籍翻译研究道路上对我们的指引和谆谆教诲。感谢昆明理工大学徐绍华教授在民族典籍英译研究方面的勉励和帮助，以及出版社编辑和英文译审专家对本书的精心编排和提出的宝贵修改意见。其中傣文部分的翻译是根据昆明理工大学学生刀妹（傣族）和懂傣文的民族人士口述整理而成的，在此一并表示感谢。

由于我们水平有限，研究和实践之中肯定还存在诸多不足，还请各位专家和读者批评指正，亦希冀鼓励。《召树屯》研究与英译作为少数民族文化国际传播的一种开拓性的探索，希望能让世界共享这粒饱含民族文化精粹的石榴籽，以促进我国少数民族语言文化资源的开发和保护，提升中外文化交流中的我国少数民族形象和民族文化自信。

目 录

研究篇

实践篇

研究篇

第一章 《召树屯》：一部活态的民族非物质文化遗产

少数民族文学是中华民族多元文化的重要组成部分。随着中国深层次地推动对外文化交流的进程，传承和发扬少数民族文化，使其成为世界多元文化图景的一部分，已成为我国文化战略研究的重要课题。诗歌是最早的文化形态，承载了各个民族对社会生活和思维情感的记忆。少数民族诗歌典籍作为这样一个凝聚民族历史和文化的重要载体，能够历经劫难而卓然不灭，必定是其所蕴含的文化精神足以自传（汪榕培、黄中习，2008：164）。

我国少数民族诗歌典籍内容丰富，形式多样，既有创世、英雄、迁徙等庄严题材的古典史诗，也有记述各族人民日常生活、爱情婚恋、磨难经历的民间叙事长诗。这些诗篇融入了神话、传说、民歌、谚语、格言等大量少数民族文化瑰宝，为研究少数民族文化传统的形成和风俗文化提供了最好的切入点和最全面的素材。然而，长期以来，这些民族典籍的魅力和价值由于译介数量较少，在对外传播与研究上处于一种被忽视和边缘化的状态。

20 世纪 80 年代以来，民族典籍的搜集、整理与翻译的蓬勃发展为少数民族典籍的对外传播带来了契机。云南拥有尤其丰富的少数民族诗歌典籍资源。为保护和传承这些宝贵的非物质文化遗产，云南省少数民族古籍整理出版规划办公室先后出版了《云南省少数民族古籍译丛》（1986）、《云南少数民族古典史诗全集》（2009）、《中国贝叶经全集》（2010）、《云南少数民族叙事长诗全集》（2012）和《云南少数民族古籍珍本集成》（2013）等多部蕴含少数民族思想智慧的诗歌和文化集成，这也为民族典籍的英译提供了有利条件。出于对中国传统民族文化对外传播和推广的需要，民族典籍翻译正日益发挥着重要的作用。在这样的历史机遇下，推动本土文化“走出去”，加大少数民族诗歌典籍的翻译和研究力度也是提升中华文化国际影响力的一个重要途径。

鉴于此，本书以傣族叙事长诗《召树屯》为具体研究对象，探析民族典籍翻译研究与实践的多模态表征和实质，以期丰富国内少数民族文学翻译研究和实践的成果，为国内外学界同仁进一步研究傣族文化提供借鉴参考。

第一节　研究目的与意义

我国少数民族文化典籍有英雄史诗、创世史诗和神话传说等多种文学体裁和形式。在叙事空间上，它们承载了少数民族独特的文化传统和文学地理景观，堪称是中华民族文学宝库中的一颗颗璀璨明珠。新中国成立以来，以《阿诗玛》《召树屯》等为代表的少数民族典籍以其特有的民族文化承载量、少数民族女性形象塑造和文学艺术表达形式等，在域外接受中成为代表典型的中国少数民族美学的文化符号（Macdonald，2015：113）。

一、研究目的

将非物质文化遗产中的民族文学译介给西方世界，对弘扬我国丰富多彩的民族文化，促进民族团结，铸牢中华民族共同体意识具有重要价值。叙事长诗《召树屯》融合了佛经、谚语、赞哈音乐、民族服饰、婚俗典章等文化表征，传递了傣族人民“亲仁善邻、爱好和平”的民族形象。翻译作为一种文化之间的互动，如何让存在于一种文化中的诗歌典籍以“鲜活”的形态融入另一种文化，是译者面对的首要问题（王军，2014：164）。因而，重视非文字因素的影响，注重文本结构在各个语义层面的还原，把翻译的文化适应和受众的意义空间等作为民族典籍翻译传播学研究的重心，能够最大限度地展现民族典籍互文和隐喻的符际特征，让译入语读者获得与原民族语言相近的阅读体验，对提升我国少数民族文化的国际传播效果起着重要的推动作用。

二、研究意义

在理论上，本书从多元化的翻译理论视角系统地梳理了傣族典籍《召树屯》的翻译传播史，为未来民族典籍翻译的跨界研究提供了新视角，对我国少数民族文学翻译尤其是诗歌典籍翻译研究具有借鉴意义。通过继承和弘扬我国少数民族优秀文化遗产中独特的文化价值、教育价值和外交价值，揭示各民族共同的心理认同，铸牢中华民族共同体意识。

在应用价值上，本书有助于推动民族典籍以积极的姿态走向世界，为“讲好中国故事，传播好中国声音”提供一个新的切入点。加强民族典籍翻译和研究工作有利于促进民族团结、提高中文文化互鉴、维护祖国统一，属于一种文学外交和文化外交（李正栓，2017：8）。本书在弘扬中华民族优秀传统文化的同时，有助于维护民族团结，在国际文化交流中赢得更多的受众，让外国读者看到我们是如何重视民族文化的，让世界更加了解我国的民族政策。

第二节　研究对象、思路与方法

一、研究对象

叙事长诗《召树屯》融合了傣族风土人情、语言文化形态和民族记忆等，展现了我国绚丽多姿的民族文化景观。越来越多的国外游客为傣族文化与生物的异质性和多样性所吸引（Davis，2005）。在这项文化遗产的对外译介过程中，要忠实地再现我国文化多样和谐的民族特征，重视翻译对铸牢中华民族共同体意识的重要推动作用。挖掘这部非物质文化遗产具有的多模态属性，阐释其在中华民族共同体意识建构方面所具有的隐喻功能，能使这部民族文学作品获得新的生命力，走向世界文学舞台。

二、研究思路

用人类学、民族学、文学的更具有世界性的观点来重现各民族经典，改变读者以往对它们的刻板印象，深刻地认识到它们的重要性和现实价值，是一件非常紧迫的事情（于坚，2009：6）。本书综合采用翻译传播学和民族文化学的研究方法，从民族文学、赞哈说唱、民俗等视角勾勒傣族文化的多样性，在对外话语体系建设中阐释中华民族的多元一体格局和亲仁善邻的民族形象（如图1－1所示）。

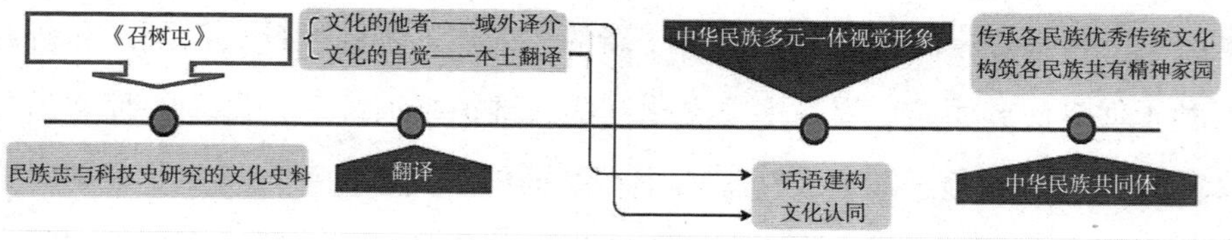

图1－1 《召树屯》英译研究与实践技术路线图

三、研究方法

在本书中，我们主要采用以下五种研究方法：

（1）跨学科视角的民族典籍翻译理论研究。研究多模态翻译、翻译传播学、读者接受、计量学、民族志诗学、社会符号学和文学社会学等对民族典籍翻译研究的启发性意义，将中国的本土经验和西方翻译理论相结合，对民族典籍进行符合时代语境的翻译和研究。

（2）文献检索。通过国家图书馆、中国知网、CALIS外文期刊网、高校数字图书馆共享平台等，收集傣族典籍的研究、译介和读者接受等文献资料。

（3）样本定量分析。通过JSTOR、Google Books等学术数据库，Worldcat（世界上最庞大的图书馆目录）以及Amazon等平台提供的大数据，检索傣族典籍《召树屯》在国内外的研究和译介情况。本书所选的英译个案，按出版时间的顺序分别为外文出版社的戴乃迭编译本（1958）、云南人民出版社的全译本（2018）（译者：吴相如、吴炯）、武汉大学出版社的全译本（2020）（译者：陈兰芳）。通过对这三个译本的平行比较，以及计量学的分析，分析各译本的文体特征及在重构傣族诗歌民族性特征方面的可取之处，提出进一步完善的建议。

（4）田野调查。通过对云南省图书馆、民间档案馆、民族志学者和傣族口头诗歌传承人的调查走访，了解《召树屯》傣文版的文体特征和文化内涵，深入了解傣族文学发展脉络，对《召树屯》原初的韵文和吟唱形式做深入了解。

（5）合作翻译。与国内外典籍翻译专家合作翻译，走出文本语境，缩小翻译中的文化距离，扩大译作的接受阈。经剑桥大学驻校作家艾伦·詹金斯（Alan Jenkins）的审校，进一步完善《召树屯》（歌谣版）英译实践。同时，在“剑桥翻译对话研讨会”（Cambridge Conversations in Translation）上，向英国学者推介这部民族典籍及翻译项目。在国内第十六届全国理工院校英语专业教学研讨会上作小组发言，向国内学者同仁阐述这个项目的意义和价值。

小　结

傣族流传着这样一句谚语：“有森林才有水，有水才有田，有田才有粮，有粮才有人。”（毕桪，2004：312）正是因为中华文明具有厚德载物的包容精神，才孕育出丰富多元的民族语言文字，创造出灿烂多彩的民族文化，像《召树屯》这样的民族诗歌典籍也才能历久弥新、广泛传播，成为优秀少数民族文化的“活化石”，向世界展示中华传统文化的无穷魅力。

第二章 《召树屯》学术史研究

《召树屯》源于傣族佛教典籍《贝叶经》，即刻在贝多罗树叶（梵文：Pattra）上的佛教通俗故事，后经傣族民间歌手“赞哈”（zonghab）传唱流传至今。《召树屯》是一部以爱情为主线的叙事长诗，在傣族文学史上占有极其重要的位置（岩峰、王松、刀保尧，2014：488）。故事以勐板加王子召树屯从出生、成长、恋爱、戍边，到最终成为百姓爱戴的民族英雄为叙事主线，既是一曲呼唤忠贞爱情的浪漫赞歌，也是一部呈现傣族人民追求安居乐业、崇仁善礼和家国情怀的民族精神的文化史诗。

全诗共有12个章节，分别为“诗人的歌”“王子召树屯”“勐董板有七个姑娘”“猎人”“告别”“爱情”“拴线礼”“战争”“灾难”“追赶”“到了勐董板地方”“团圆”。从结构上来看，《召树屯》属于“天鹅处女型”的故事母题，即女鸟（仙女）与凡间男子相爱，历经重重考验后仍忠贞不渝，最终破镜重圆的浪漫传奇。

故事主要分三个部分，第一部分讲勐板加王子召树屯因追逐金鹿，来到金湖边，恰遇七个孔雀公主在金湖里洗澡。召树屯被最小的公主喃婼娜的美貌吸引，便按照神龙的旨意拿走了她的孔雀衣。喃婼娜对召树屯王子一见钟情，与他完成了拴线礼，留在了人间。第二部分讲外敌入侵，为了抗击外敌，王子召树屯不得不离开家园，与喃婼娜分别。这时国王和王后听信了宫中占卜师摩古拉的谗言，认为孔雀公主是不祥的预兆，为国家带来了灾难，准备将她公开处死。喃婼娜公主许下了最后一个愿望，希望穿着她的孔雀衣再跳临终前的最后一支舞。最后，她凭借自己的聪慧飞回了自己的国度勐董板。第三部分讲王子召树屯得胜归来，然而喃婼娜公主却不知所踪。悲伤不已的王子召树屯踏上了追寻自己心爱妻子的冒险之旅。最终，有情人终成眷属，夫妻团圆，幸福美满的生活在等着他们和他们的子民。贤明的理想人物和安宁的理想环境加在一起，就是傣族人民对整个理想社会的憧憬（岩峰、王松、刀保尧，2014：494）。《召树屯》不仅展示了傣族人民的道德追求和美学思想，更绘就了一幅人与自然和谐共存的生态图景。

第一节　《召树屯》汉译出版与多模态改编

新中国成立以来，傣族口头诗歌《召树屯》历经文字整理、翻译出版和影视舞蹈改编等的跨语际流变和跨文化传播，为少数民族文学走向世界、提升中华文化国际传播力和推进对外话语体系建设开辟了广阔的阐释空间。

一、《召树屯》汉译版本史

傣族叙事长诗《召树屯》经岩叠、陈贵培汉译，王松、刘绮、陈贵培整理后首次发表在1956年12月5日的《边疆文艺》上（插图：封山），成为新中国成立后被译为汉文本的首部傣族文学作品。在刊首以“继承文学遗产　发展各民族的社会主义文学”为题，提出了民族文学遗产整理、翻译的必要性和原则：

> 发展各民族文学，既不能离开整个祖国的文化传统，又不能离开各民族自己的传统和特点。继承各民族文化遗产是发展各民族文化遗产的第一件工作。发掘、整理工作首先是存真，真诚地把各族人民丰富多彩的文学遗产记录下来、翻译下来。忠实于各民族的文学风格，忠实于各民族人民的思想感情和愿望（岩叠等，1956：2）。

在后记中，译者说明了原稿是流传在西双版纳勐海的一份完整的傣文手抄本。为了便于阅读，由整理者分了段落，加上了小节标题，在情节和结尾上做了改动和省略（原作中孔雀公主是由猎人献给王子召树屯的；最后召树屯还在孔雀国做了国王）。随后，岩叠等整理翻译的汉译本由作家出版社（1958）（插图：

程十发）、人民文学出版社（1959）（插图：程十发）相继出版。1979 年，云南人民出版社对《召树屯》（插图：刘绍荟）做了重新修订，凸显了作品的文学性。无论是从艺术形式看还是从思想内容看，修订后的《召树屯》都具有更高的审美价值，可谓是了解傣族发展史和民族风情的一面镜子。

近十年来，随着国家“文化走出去”和“一带一路”倡议的实施，少数民族典籍的重要价值重新得到重视。为扩大少数民族文化的对外交流与合作，打造具有代表性的民族文化精品，岩叠等翻译整理的《召树屯》汉译本在新时代又经历了多次出版（如表 2－1 所示），体现了这部傣族诗歌从少数民族的文学创作到成为中华文学的瑰宝的经典化历程。

表 2－1 《召树屯》汉译本新时代出版史

书　名	出版社	出版年	丛书名称
《傣族：召树屯和兰吾罗娜》	永诠出版事业股份有限公司	1992	“流传在每个民族的传说”
《孔雀公主》	风车图书出版有限公司	2006	“精选儿童传奇故事”
《召树屯》	人民出版社	2006	“中国贝叶经全集”
《召树屯》	云南人民出版社	2009	“云南民族民间文学典藏”
《召树屯：傣族民间叙事诗》	中国国际广播出版社	2016	“中华大国学经典文库”

二、《召树屯》的多模态改编

改编是一种对文学作品的多模态解读，为民族典籍带来了新的活力。立足于现代传媒特点和民众审美情趣的变化对民族典籍进行“文化符号”的编码，使之以影视艺术等形式呈现于观众，生产出正能量的、高质量的精神文化产品，供人们欣赏（罗曲、秦艳，2019：54）。新中国成立以来，国家繁荣发展少数民族文化事业的文化政策为这部叙事长诗注入了源头活水，使它从单一的文本形式发展嬗变为舞剧、绘本、影视、动画、音乐等多元化的艺术形态，不仅彰显了傣族人民的文化自信，更揭示了民族诗歌典籍的文化创新性质，以及所蕴含的巨大的审美价值和开发潜力。

1. 舞剧改编

《召树屯》舞剧的改编最早开始于1956年。云南省西双版纳傣族自治州民族歌舞团编剧刀发祥根据这部叙事长诗创作出中国第一部少数民族舞剧《召树屯》选场《金湖边》，再现了王子召树屯与孔雀王国七公主喃婼娜相会和初恋的故事场景。舞剧不仅将富有神话色彩的情节清晰地告诉了观众，而且其编导者和曲作者创造性地利用了民间舞蹈语言和动作及富有的音乐旋律，塑造出王子和七公主的动人形象（王伟，1956：74）。

1961年，云南花灯剧作家金重创编了《孔雀公主》，以创新的方式继承和发展了这部民族史诗，反映了这部长诗中的美学和民族文化交流融合的思想。1963年，刀发祥、刘金吾则将这部长诗改编为五幕剧版本，将长诗中浓郁纯正的傣族风格在舞剧中进行了完整呈现。孔雀公主喃婼娜的饰演者刀美兰生动地展现了傣族人民的生活之美、艺术之美和心灵之美，充分抒发了傣族人民含蓄、温良、和蔼、安详的性格特征和崇尚和谐、向往幸福的生活理想（郭青剑，2015）。

1979年，编剧刀国安在原舞剧基础上做了进一步改编，舞蹈家杨丽萍饰演新的孔雀公主。舞剧共分为七幕：选婚、定情、出征、受害、追寻、相逢、婚礼。这部傣族舞剧获文化部、国家民委颁发的创作一等奖，后到老挝、缅甸、泰国、新加坡等巡回演出，成为中国当代少数民族舞剧发展史上的一个里程碑（唐白晶，2017：47）。金湘评价道："《召》剧的成功，首先在于结构严谨洗练，其次在于调动了音乐、舞蹈、舞美等一切手段，大幅度地抒发了人物的精神世界"（金湘，1979：27）。在挖掘、继承傣族文化遗产叙事长诗《召树屯》的情节结构和艺术手法的同时，编剧们在傣族形象塑造和主体语汇上进行了创新。将长诗中体现傣族人民现实生活的劳作、节日庆典和日常生活场景等，以民间风俗舞蹈的形式，如《丢包舞》（选婚风俗）、《指甲舞》（宫廷气韵）、《出征舞》（傣族勇士）、《蜡条舞》（婚礼祝福）等进行了艺术重现，为长诗增添了更多的古典和民族艺术光彩。

1981年，张作予和傅昌扬编排的歌剧《召树屯与婻木婼娜》由中国戏剧出版社出版。“序歌”部分通过幕后合唱、男女声独唱的形式，对叙事长诗第一章“诗人的歌”进行了复调式的全景呈现，唱词中的“大象、莲华、太阳、宝石、彩云、白象”等为读者勾勒出傣族人民对如意吉祥的幸福生活的向往。在接下来的场次中，通过舞美和道具来呈现傣族寺庙、宫殿、民居的建筑特色，通过幕启和幕落来完成故事空间的转换，男女对唱的方式则再现了长诗的赞哈调和表演性的民族性特征。

1996 年，台湾民族舞团编舞蔡丽华根据刀发祥、刘金吾的剧本创作出大型少数民族四幕舞剧《孔雀公主》。傣族叙事长诗《召树屯》再次充当友好使者的角色，搭建起两岸文化交流和沟通的桥梁。改编后的舞剧以儿童舞蹈教育为主，讲述了一个美丽浪漫的东方爱情传说，体现了传统与现代的对话，以及民族舞蹈的时代价值。全剧共分为四幕：

第一幕：金湖边（清晨森林中，薄雾氤氲，湖水泛着朝阳，各种动物遨游其间。）

第二幕：未完成的婚礼（勐板加国皇宫前，举国庆贺王子和孔雀公主成婚，邻族亦前来庆贺、共舞。）

第三幕：追寻（王子来到翠绿的森林中，遇到一群傣族姑娘，急欲探知公主下落的王子，将定情手镯丢入水罐中，尾随挑水姑娘而去。）

第四幕：百鸟朝凤（历经千辛万苦，王子与孔雀公主终得老人为其拴线，举行婚礼，众人为他们洒花泼水祝福，邻族亦来祝贺。各色孔雀簇拥着七公主与王子，重现人间天堂美景。）

从《召树屯》到《孔雀公主》，舞剧命名方式的改变，体现了人们从赞颂召树屯王子的英勇品格，到崇尚孔雀公主的善良与智慧的民族心理变化轨迹，更加重视发掘长诗中塑造的少数民族女性形象。此外，舞剧中民族乐器的融入，对传统孔雀舞的创新，反映了各民族之间的文化交融，共同谱写出一曲色彩绚丽、富有视听美感的民族艺术交响乐。

2. *影视改编*

影视改编作为一种文化与媒介之间的互动，以动态传承的方式，让少数民族文化以“鲜活”的形态进入了当代媒体的视野，吸引了更多的受众群体。对消费者来说，当一种民族文化以动画、舞剧、电影等艺术形式进入衍生产品市场后，他们更愿意为之投入热情（陆健泽，2016：204）。上海美术电影制片厂于1963年摄制的定格木偶动画《孔雀公主》在场景、人物和道具设计中，从不同角度还原了傣族古代社会的风土人情、生产生活场景，而且对寄托了傣族人文精神的“孔雀舞”进行了细腻的展现，这也是国内第五部以少数民族文学经典为题材的动画电影[①]，在少数民族文学传播中形成了一个夺目的文化名片。

《召树屯》不仅是对忠贞爱情的歌颂，更反映了一个版纳（地方）和另一个版纳之间的和睦相亲（白桦，1983：54）。1957年，作家白桦根据1931年召·比召翁的散文体手抄本翻译了《召树屯》，并在此基础上进行了文学创作，出版了长诗《孔雀》（中国青年出版社）。这部诗集在结构和形式上吸取了傣族文学和赞哈说唱的一些特点。1982年，白桦将这部傣族长诗改编成电影剧本《孔雀公主》。这个剧本吸收了贝叶文学中的浪漫主义元素，借鉴了《召树屯》原诗中的天鹅型叙事结构，向世界展现了我国绚丽多姿的民族文化景观。电影由北京电影制片厂和上海美术电影制片厂联合摄制，上映后在国际影坛上斩获了多个重要奖项，标志着少数民族题材电影发展进入了鼎盛时期。

1982年版的电影《孔雀公主》色彩绚丽，不仅真实反映了当地的自然风貌，将傣族的服饰格调和异域风情等均刻画得生动而浪漫，具有极强的叙述性，而且将“召树屯之俊朗勇武，喃婼娜之秀美善良，皆神情活现呼之欲出；傣家之服饰器用，其村寨民俗，异域情调，都出之有据，刻画入微”（一叶，2005：104）。电影海报用生动的线条和重彩画的艺术表达方式勾勒出傣族人民对浪漫主义爱情和人性的自由的追寻，渲染了傣族叙事诗的原生态形式和美感，也是傣族文化典籍从文学性到艺术性的一大跨越。

音乐性是傣族诗歌的一个自然属性，再现《召树屯》中傣族赞哈调的韵律，使观众对原诗的格律特征有所认识，是作曲家在创作时遵循的一个重要标准。《孔雀公主》的电影音乐已成为中国电影音乐的经典系列之一，散发着浓浓的傣

---

① 其他四部为1958年蒙古族的《木头姑娘》、1959年壮族的《一幅壮锦》、1959年白族的《雕龙记》和1960年白族的《牧童与公主》。

族风情。在这部电影的配乐创作中，田联韬为不同的人物创作了不同风格的主题音乐来渲染气氛和推动故事情节发展。他认为鲜明的民族风格是这部电影音乐的基本要求，为了实现这一效果，他选用了傣族的吹管乐器筚、弹拨乐器玎和打击乐器象脚鼓、铓锣、小镲，让它们参与到合奏中，并且在一些重要的篇章里给予它们突出的地位（田联韬，2009：4）。例如，在“序曲”中突出铓锣低音敲击的声响，就像诗人正坐在森林中低声吟唱，将王子召树屯的故事娓娓道来。在“重逢·拴线礼”篇章，傣族打击乐的融入烘托了节日的喜庆氛围，音乐和诗化的语言一样，都能激发读者和观众的想象和情感共鸣。电影改编中通过民族风格的音乐这一听觉化的呈现形式，展现了傣族诗歌的意境美和音韵美。

2004 年，北京中唱时代音像出版有限公司发行了电影原声音乐《孔雀公主》，共计 18 个曲目。2019 年，中央音乐学院出版社出版了《电影音乐〈孔雀公主〉（管弦乐总谱）》。如今这部电影音乐的数字唱片在 Gaana. com（印度网络音乐平台）、亚马逊音乐和苹果音乐等多个国际网络音乐平台上线，让这部傣族叙事诗获得了更多的国际受众。以下是这张专辑的曲目详情，以及亚马逊音乐对其曲目的译介：

01 序曲	Overture
02 勐板扎王国宫廷舞	Court Dancing in Mengbanzha Kingdom
03 森林·金鹿	Meeting Golden Deer in Forest
04 孔雀公主飞来	The Arrival of Princess Peacock
05 嬉游金湖	Playing in the Golden Lake
06 召树屯王子进龙宫	Prince Zhaoshutun Goes to the Dragon Palace
07 湖畔定情	Pledging Love by the Lake
08 傣寨喜迎新人	Welcoming Newlyweds to the Dai Village
09 新婚之夜	The Wedding Night
10 战争	The War
11 大军出征	Going on an Expedition

12 阿婆重见光明	The Old Lady Regains Eyesight
13 悲痛的孔雀公主	The Sad Princess Peacock
14 在这里留下美丽的梦	Leaving the Nice Dream Here
15 祭坛牺牲之舞	Dancing on the Sacrificial Altar
16 仙人掌妖女舞	Dance of the Cactus Siren
17 重逢·拴线礼	Reunion：The Ceremony of Tying up Thread
18 尾声	Coda

影视改编作为传承少数民族文化的途径之一，把少数民族文化交流推向了更纵深的层次，实现了傣族贝叶文化资源的世俗化和现代化之路（陈孟云，2011：152）。2017 年，云南民族文化音像出版社推出了《云南民族传唱艺术》之《召树屯与婻木婼娜：傣族叙事长诗》（电子资源 DVD）。它在拍摄制作上以民族戏剧艺术的形式，忠实地反映了傣族文学的真实原貌，大力弘扬了优秀的民族民间传统口传文化和传唱艺术，荣获了第三届中国出版政府奖的殊荣。国家一级舞美设计师樊涌创作导演的剪纸微动漫《孔雀公主》（2019）将傣族的另一项非物质文化遗产——剪纸艺术融入这部叙事长诗的动画改编中，将美丽善良的公主喃婼娜、勇敢智慧的王子召树屯，还有傣族富饶的热带雨林生态景观等以剪纸风格生动地展现了出来，为傣族文化的国际传播开辟了一条新路径。

3. 绘本改编

绘本具有教育和启蒙的功能，和文学作品一样，能体现艺术性、思想性和文学性的高度统一。优秀的传统文化绘本在儿童美育、道德教育和世界观教育方面起着引领作用。尤其是少数民族文化类绘本，它们通过吸取传统文化的精华，在画风上也尽可能地体现民间文化特点，将各民族优秀的神话传说、历史文化知识呈现在少儿读者面前，让更多少年儿童能够认知和传承中华优秀传统文化。

我国儿童绘本市场几乎被欧洲版权绘本占据，在文化输出方面处于弱势（杜晓杰，2019：103）。将民族艺术改编为流行文化的载体形式，用连环画等通俗的文艺形式呈现傣族叙事诗《召树屯》的故事内容和艺术特色，对阐释傣族人民的“诗性智慧”、提升少数民族文学的影响力起到了不可低估的作用。少数民族的风俗习惯、服饰艺术等通过立体的视觉冲击，激活想象、启发智力，完成从“图画表征”到“语言表达”再到“文化理解”的跨越。自1958年以来，根据《召树屯》改编的儿童文学绘本、连环画、图画书如表2－2所示：

表2－2 《召树屯》绘本改编出版史

书 名	绘画/改编	出版社	出版年	风 格
《召树屯和喃婼娜》	程十发	人民美术出版社	1958	民族重彩画
《金湖边上的情歌》	程十发	上海人民美术出版社	1958	民族重彩画
《孔雀公主》	铁庄	中国电影出版社	1982	电影绘本
《孔雀公主》	华明	云南人民出版社	1983	电影绘本
《孔雀公主》	郭明志	河北少年儿童出版社	1983	黑白版画
《孔雀公主》	黄炜	上海人民美术出版社	1983	彩色年画
《召树屯》	张恢	上海人民美术出版社	1984	黑白版画
《孔雀公主》	王美芳	人民美术出版社	1984	彩色年画
《孔雀公主》	陈明钧	浙江人民美术出版社	1991	彩色注音
《孔雀公主》	钱舜娟 杨天南	上海科技教育出版社	1997	彩色插画
《孔雀公主》	—	兰州大学出版社	2001	彩色3D
《孔雀公主》	张莹改	人民邮电出版社	2002	彩色手绘
《孔雀公主》	卫君	金盾出版社	2004	彩色手绘
《召树屯》	罗希贤	上海文艺出版社	2008	黑白版画
《孔雀公主》	王彤	辽宁少年儿童出版社	2009	彩色注音
《孔雀公主》	李娜娴	云南教育出版社	2012	彩色手绘
《孔雀公主》	曹剑丽	河北少年儿童出版社	2018	彩色手绘
《孔雀公主》	孙胜男	中国人口出版社	2019	彩色手绘
《孔雀公主》	海秋	黑龙江美术出版社	2019	彩色手绘

民间文学也是对儿童进行传统文化教育的重要资源，它能帮助孩子正确处理成长过程中必须面对的内心冲突。此外，在艺术形式上，民间文学的口头程式，对儿童的心智发展和语言发展都有重要的促进作用（朱自强，2016：4）。从表

2－2的统计中可以看到《召树屯》的绘本改编活动日益丰富。根据长诗的汉译，动画、电影的上映，以及成为非物质文化遗产的历史轨迹大致可分成三个阶段：

第一阶段：以中国海派书画画匠程十发开启的《召树屯》阐释新时期。程十发绘的插图再现了原诗的人文地理风貌，村寨民俗、服饰器用、异域情调刻画入微，画风优美，将云南边陲的风土人情渲染得栩栩如生。

第二阶段：以《召树屯》为生态纪实的少数民族电影掀起了人们对少数民族独特的审美特性的关注。这一时期的绘本改编以动画、电影《孔雀公主》的脚本为主。

第三阶段：经典化与普及阶段。《召树屯》与《嫦娥奔月》等成为家喻户晓的中国传统经典故事，读者对象多定位为少年和儿童。

此外，画风经历了民族重彩画、黑白版画和彩色手绘的变化，风格和表现艺术更加多元。同时，从《召树屯》到《孔雀公主》的书名变化也契合了当今流行文化和中外儿童文学中以“公主童话”为主题的叙事模式，这种“世界性”和“共通性”让民族艺术的文化内蕴和艺术张力进一步得到延伸。值得注意的是，有些出版社的绘本西化现象严重，孔雀公主被同化成白雪公主一样的西方女性形象，抹杀了原典籍的民族性。我们应该意识到，任何时候绝不能放弃继承我们自己本土绘本的民族传统风格和技巧（曲小月，2008：126）。程十发采用民族重彩画的艺术手法不仅是对民族历史的尊重，更把民族典籍传递的傣族传统纹样的古典美完美地诠释了出来，成功地把中华民族历史文化艺术的魅力展现给全世界。

小　结

《召树屯》历经多模态的改编，表明它的流传不仅涉及民间文学的传承问题，更与时代、文学传播媒介的变化息息相关。千百年来，人们只能从贝叶经书上或者赞哈歌手的演唱中了解召树屯与喃婼娜的动人故事，舞剧、电影、绘本、动画等多模态的翻译、创作和改编，让古老的傣族文化重新焕发活力。与时俱进、活态地传承民族民间长诗文化，保护好民族文化创新发展中的这股源头活水，是当下文化强国建设战略中不可或缺的内容（罗曲、秦艳，2019：54）。数字人文时代的到来，为民族典籍的传承带来了前所未有的机遇。例如，融合民族数字博物馆、VR 技术等，出版《召树屯》双语对照单行本及视频图文版的融媒体读物，以及多语种的动漫游戏改编等，更能为人们带来全新的阅读和审美体验，使人们可以零距离地感受传统傣族文化散发出的时代魅力。

文化的生产、传播和消费其实就是符号的生产、传播和消费。在跨媒介传播中，《召树屯》衍生出连环画、动画、舞台剧和电影等多元的符码形式，在改编过程中形成了文化的沟通与交融，共同塑造了以“孔雀符号”为代表的傣族文化和价值观念体系，在美学上更符合时代特征，延续了傣族诗歌典籍的生命力。

第二节 《召树屯》研究的成就与展望

傣族叙事长诗《召树屯》数百年来广受傣族人民喜爱，不仅在于它强盛的艺术生命力，更在于它的文化精神和凝聚向善的道德力量。国内对这部叙事长诗中的民族艺术资源的开发与研究，大致经历了“艺术品鉴”“寻根觅源”和“翻译传播”三个阶段。

一、《召树屯》国内研究述评

陶阳（1959）在《读书》杂志上以“优美的诗篇——《召树屯》”为题，对这部长诗的艺术特点、人物刻画和民族精神进行了评析，认为长诗除了传统的歌颂爱情主题，也对傣族人民反对侵略战争的爱国主义思想进行了赞美。史宗龙、赵自庄（1978）论证了长诗的思想性和艺术性，认为民族诗歌具有口头文学的对话性演唱特点，善于在典型环境中展开生动的细节描写，细腻地刻画了人物的内心世界。郭超（1982）把《召树屯》与蒙古族史诗《智勇的王子希热图》进行了对比，认为这两部长诗都表达了普通人民对战争的厌恶以及对美好生活的追求，反映了劳动人民的美学趣味和审美观是共通的。

谢远章（1982）、王松（1982）、潜明兹（1984）、李沅（1984）、姚宝瑄（1987）、刘守华（1990）、傅光宇（1996）、郑筱筠（2001）分别对这部长诗的渊源、不同国家和民族之间的文化互鉴、文学类别以及故事原型进行了考证，认为其具有英雄史诗和叙事长诗的双重特性。长诗虽然与流传在泰国、印度、缅甸、老挝、柬埔寨等国家的文学作品在风格和主题上相近，但这部长诗源自傣族人民的社会生活，有自己独特的文学传统，属于“国产物”而非“舶来品”，经丝绸之路传入南亚后，又随佛教文化回流到中国境内，在不同国家和民族之间形成了以不同体裁流传下来的《召树屯》多种异文。这种纵横交错的文化交流和传播网络，体现了中外文化的交汇融合，推动了中国与周边国家的文化交流和共同繁荣。

刘目宾（2004）认为具有深厚文化底蕴的《召树屯》是傣族传统民族文化中重要的组成因子，当务之急是如何让它被人们继续传承和发展下去。弘扬民族优秀文化遗产是值得每一个民间文艺工作者认真思考和深入探讨的问题。陈孟云（2011）、张自春（2016）、郝会肖和任佳佳（2019）等梳理了这部长诗从歌唱时代、文字时代到影视时代的嬗变历程，指出《召树屯》（孔雀公主故事）之所以能跨语际跨媒体广泛流传，一方面是典籍本身所具有的审美特质，另一方面是新中国成立后党的民族政策和文化政策，以及文学传播媒介的变化共同推动的结果。郭海霞和曾刚（2021）对出现的民族文化研究新视角评价道：“郝会肖和任佳佳（2019）考虑傣族经典诗歌《召树屯》在译介和传承方面存在的断流风险，从视觉、听觉和传播方面分析多模态翻译模式的建构，强调民族文化价值建构的过程。对《召树屯》的多模态译介有助于增强傣族同胞的文化认同感，演绎瑰丽民族文化精华。”他们肯定了民族学研究与译介学研究的融合视角对民族文化推广的积极意义。

柯琳（2015）和李云川（2018）称《召树屯》是傣族典藏的文艺史诗。这部长诗具有歌唱性和表演性特质，是在各民族相互影响与交流中逐渐形成的傣族独特的民间艺术形式。从宣传非物质文化遗产的角度出发，传播才是最好的保护路径。此外，还有部分学者从傣族服饰、民族舞蹈语言和生态美学等视角对诗歌中的生物多样性特征、人与自然的和谐关系进行了阐释，对诗歌典籍的时代价值和社会关照进行了发掘。

二、基于 CiteSpace 知识可视化图谱的《召树屯》研究展望

CiteSpace 是一款基于文献计量学原理而研发的引文分析软件，以可视化的方式来客观地呈现某一主题领域的关键词共现网络图，能够对研究者、研究机构、研究热点和研究趋势等进行较为详尽的绘制和分析。通过图谱解读，可实现研究领域现状的解释功能与领域未来前景的预见功能（陈悦、陈超美、刘则渊等，2015：242）。

本部分主要基于 CiteSpace 的可视化分析，以民族诗歌典籍《召树屯》在中国少数民族文学、民族学等领域的历史地位和文化价值为研究主题，数据主要来源于中国知网（CNKI），对知识图谱上展示的《召树屯》经典化思想生成的历史语境、民族志诗学和传播学的跨学科研究和实践等知识结构的涌现、演化和发展等进行解读。

以"召树屯/孔雀公主"为关键词，统计得出 1959 年至 2021 年期间 CNKI 中出现的高频关键词以及高中心度的关键词，在剔除与诗歌《召树屯》没有太大关联的文献信息后，借助 CiteSpace 生成国内对《召树屯》的研究成果知识图谱（如图 2－1 所示）。

在图 2－1 即 CiteSpace 软件所生成的研究热点可视化视图中，每一个节点代表一个关键词，节点的大小表示关键词出现频次的多少，而节点之间的连线则表示关键词之间的共现关系。我们看到整个研究热点视图以"召树屯"为中心，构成一个基于高频关键词共现网络形成的知识图谱，而可视化网络图谱中较大的节点则是出现频次较多的关键词，如"傣族文化""少数民族文学""民族特点""民族民间舞蹈""口传故事""渊源关系""媒介载体""嬗变""隐喻""多模态""改编""英译"等，这些高频关键词在某种程度上代表了近些年来国内对《召树屯》研究普遍关注的热点问题，描绘了《召树屯》研究活动在文学、文化学、民族学和翻译传播学等学科领域相互交叉融合的话语体系。

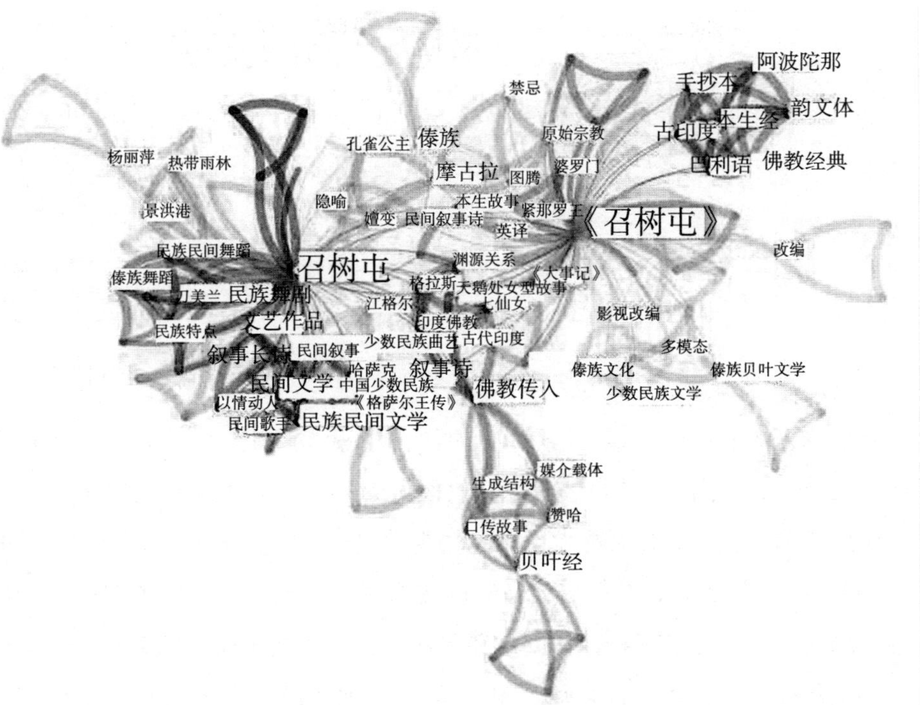

图 2－1　国内对《召树屯》的研究成果知识图谱

通过 CiteSpace 生成的描述报告，我们可以进一步了解到《召树屯》的诗学价值和传承问题一直是学界持续关注的热点问题。通过少数民族文学翻译来实现助推中国形象构建的翻译传播学目标，在“一带一路”文化外交背景和后印刷时代数字人文语境中提升民族文化的话语权成为未来《召树屯》研究的一个趋势。

第三章 《召树屯》译介史研究

在全球互联互通的新媒介语境下，推动少数民族文化“走出去”，向世界展示中华文化的核心价值和时代精神，应是民族学家和翻译家共同肩负的一项重任。民族典籍研究和翻译者在挖掘和弘扬少数民族文学文化方面起到了重要的作用。《召树屯》的译介和翻译出版是促进文化对外交流，让世界了解中国少数民族独有的文学形式和审美特征，继承和传播优秀民族文化遗产的关键。因而，本部分将从传播史（国内英译出版）和接受史（国外译介和研究）两个维度来追踪民族典籍《召树屯》经典化、走向世界的学术轨迹。

第一节 《召树屯》英译出版与编译史

1958 年，戴乃迭（Gladys Yang）依据西双版纳傣文版的《召树屯》，编译了 *The Peacock Maiden*：*Folk Tales From China*（《孔雀姑娘：中国民间故事选集》），忠实于傣族诗歌典籍原著的叙事结构。1961 年，外文出版社编译的《召树屯》（连环画版）英、法、德和世界语等译本出版，以重彩画的视觉呈现形式，为西方读者了解傣族绚丽多姿的文化遗产打开了窗口。1981 年，外文出版社又出版了《孔雀姑娘：中国民间故事选》的西班牙语版本（*La Princesa Pavo Real*：*Cuentos Populares Chinos*）和法语版（*La Jeune Fille-Paon*：*Contes Populaires Chinois*）（如图 3 – 1 所示）。20 世纪 80 年代，我国开启了少数民族典籍整理和研究的新时期，西南等多民族地区在少数民族文字翻译和整理方面取得了一系列重要成果。

图 3－1　《召树屯》编译本（外文出版社）

2008 年，《召树屯》被列入第二批“国家级非物质文化遗产保护名录”，北京外国语大学也将其列为“中国文化海外传播动态数据库”项目中的主要典籍样本，为研究傣族典籍的国际传播和接受情况提供了数据支撑。2018 年，由李昌银主编的“云南少数民族经典作品英译文库”（后简称“文库”）出版，“文库”对《召树屯》等云南少数民族诗歌、神话和民间故事典籍进行了开拓性的英译，为扩大我国少数民族文学在世界文学舞台上的影响力谱写了新的篇章。2020 年，武汉大学出版社陈兰芳的英译本接踵而至，作为“中国南方民间文学典籍英译丛书”系列之一，为保护和传承傣族非物质文化遗产，国家之间的文明互鉴、文化传播和平等交流做出了建设性的探索。

总体来说，国内《召树屯》英译主要有绘本、编译本和无韵体全译本，在不同的历史时期都为少数民族文学的推介提供了多元化的资源形式和路径。据中国国家数字图书馆馆藏统计，当前国内《召树屯》相关的英译本大致有 7 种（如表 3－1 所示）：

表 3－1　《召树屯》国内英译本出版与编译史

书　名	编者/译者	出版社	出版年	特　征
The Peacock Maiden: Folk Tales From China	Gladys Yang　译	外文出版社	1958	编译本，程十发插画
Chaoshutun and Nannona	阿秀　改编	外文出版社	1961	编译本，程十发　绘
Peacock Princess: Chinese Folk Story	婷婷　改编	外文出版社	1986	编译本，尹口羊　绘
《召树屯》	徐朴　译	广东教育出版社	2007	编译本
The Peacock Princess	婷婷　改编	海豚出版社	2016	双语对照编译本，尹口羊　绘
《召树屯》	吴相如、吴炯　译	云南人民出版社	2018	双语对照全译本
《召树屯》	陈兰芳　译	武汉大学出版社	2020	双语对照全译本

从译者身份来看，翻译家戴乃迭（Gladys Yang）作为少数民族文化传播者的担当，在担任北京外文出版社翻译部专家期间，为傣族典籍的英译做出了杰出的贡献，向英语世界译介了《召树屯》这部叙事长诗，使其成为西方了解中国少数民族民间传说的科普性读物。2001 年美国的太平洋大学出版社（University Press of the Pacific）以及 2016 年法国的奥林匹亚出版社（Olympia Press）分别再版了戴乃迭的《孔雀姑娘：中国民间故事选集》编译本，电子版也同步发行。在 Goodreads（全球最大的在线读书交流社区）共有 21 位读者参与了这版编译本的评分（如图 3－2 所示）：

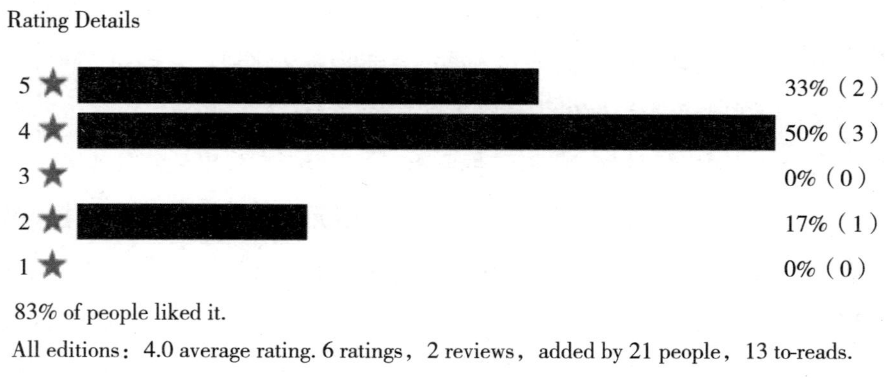

图 3－2　Goodreads 网站读者对戴译《召树屯》的评分

从图3-2可以看到综合评价为四星，还有13位读者标记“想要阅读”。此外，网站上的外国读者对戴的编译本评价道：

I am on a Chinese minority folktales bend, *and this one is a really nice* (*though short*) *collection. All in all*, *an enjoyable read.* —*Csenge*

Una colección de cuentos chinos. Esta edición era una de mis lecturas favoritas de la infancia. （中国故事精选，这个版本是我童年时代最喜爱读的一本书。）—*Gabriela*①

近几年的全译本，则由高校外国语学院翻译领域研究的专家以国家出版规划项目的形式完成翻译和出版，由中国英汉语比较研究会典籍英译专业委员会会长李正栓教授作序，可作为文学研究、文化研究和民族研究的文献资料。

从出版主体来看，主要有外文出版社、高等院校的出版社和儿童读物出版社，说明了《召树屯》所具有的对外文化交流价值、学术价值和教育价值。从目标读者对象来看，可分为对中国文化感兴趣的外国读者、学者和汉学家，以及少年儿童等，表明译本具有面向大众的普适性和时代性。

从文化翻译策略上看，最早的绘本版通俗编译方式是为传播民族典籍开辟道路，以简洁又不乏诗意的语言将民族文化经典传播到国外，再辅之以名家手绘、插图让译本的艺术价值和审美意蕴能在跨文化的“文本旅行”中大放异彩，从而获得更多的受众。近些年的全译本则致力于展示原诗的深刻内涵，因此译著的导读和注释部分更加详尽，更重视文化补偿的翻译策略，但还尚未有诗歌版的单行本译本出版。因此，本书的第二部分（实践篇），就是以歌谣体来英译这部民族诗歌经典的一个开拓性尝试，以弥补《召树屯》译介和出版中体裁单一等问题的不足。

---

① https：//www. goodreads. com/book/show/14833833 – peacock – maiden.

第二节 《召树屯》域外接受与传播研究

随着中外文化交流的不断加深，越来越多的西方学者开始意识到中国少数民族文化异彩纷呈，与汉文化相比更具有异域的审美情趣。在 20 世纪六七十年代，这部诗歌分别被编译在法国和新加坡出版的中国文学经典系列丛书之中①。然而，直到 20 世纪 90 年代，这部典籍的多元民族色彩及其所蕴涵的文学、文化和教育价值才开始受到西方学者的关注和开创性的研究。

一、《召树屯》国外译介与研究

通过 Google Books 和 Google Scholar 检索"*Zhao Shutun*"和"*Princess Peacock*"，可检索到《召树屯》在国外研究和传播中的影响力的相关英文词条。Paul Clark（1987）认为，孔雀公主作为中国的一个寓言故事（fable），充满了云南少数民族风情和地域特质。Colin Mackerras（1990：194）和 Felicity Lufkin（1990：31）认为《召树屯》凝聚了中国多元文化的民族精神，对傣族人民来说，孔雀凝聚着他们对幸福和理想的向往。

Michael Edward Brown 和 Sumit Ganguly（2003）在《语言的抗争：亚洲语言政策与民族关系》（*Fighting Words*：*Language Policy and Ethnic Relations in Asia*）一书中评介道：《召树屯》傣文版和汉文版的出版有助于推动中国少数民族语言资源的保护和开发，为中国乃至世界文学宝库增添了一枚瑰丽的明珠。美国学者 Yuan Haiwang（2008）和 Timothy L. Gall（2009）分别在其编著的《孔雀公主：中国少数民族民间故事》（*Princess Peacock*：*Tales from the Other Peoples of China*）和《世界文化与生活百科全书：亚太卷》（*Worldmark Encyclopedia of Cultures and Daily Life*：*Asia & Oceania*）中译介了傣族历史和社会、经济、文化概况，对《召树屯》的渊源和故事梗概做了详细评述，为英语世界了解我国多元的少数民族文

① The Selection of Chinese Folk Tales [M]. Singapore：Siang Kang Pub. Service，1979.

化形态提供了重要参考。在德国卫礼贤翻译中心（Richard-Wilhelm-bersetzungszentrum）的中国文学德译数据库中，收录了《召树屯》的德译本条目，反映了这部傣族史诗的诗学影响以及在德语国家的译介与传播情况。

英国儿童文学作家、插画师 Suzanna Leigh 游历云南后，依据《召树屯》的故事原型创作了绘本《孔雀公主的传奇故事》（*Peacock Princess*：*A Self-Rescuing Princess*）（2015），通过涂色游戏等交互阅读的方式，对充满“艺术之美”和“舞蹈之美”的傣族女性形象进行了赞誉，这表明傣族文化已经跨越国别，迈向了世界文学会通的舞台。Sean Macdonald（2015）和 Emily Wilcox（2018）分别在《中国动画：历史、美学与媒介》（*Animation in China*：*History*，*Aesthetics*，*Media*）和《革命的身体：中国舞与社会主义遗产》（*Revolutionary Bodies*：*Chinese Dance and the Socialist Legacy*）中梳理了《召树屯》的动画和舞剧的改编史和世界影响力及其作为叙事文本的符号意义。总体来说，在西方视界里，以“生物多样性”“孔雀舞”“水文化”“能歌善舞的女性”和“爱好和平的理想信念”等为民族表征的傣族诗歌《召树屯》已俨然成为中国少数民族美学思想集成的经典之作。

二、《召树屯》在国外图书馆的整理与收藏

评价中国文学译作的传播范围和影响的一个重要因素就是海外图书馆的收藏数据（何明星，2016：208）。通过 OCLC（Online Computer Library Center，Inc.），即美国联机计算机图书馆中心的 WorldCat 数据库检索，发现近年来全球图书馆收藏的《召树屯》及其研究的中文图书品种增加，其海外影响力在不断扩大，促进了以傣族文化为代表的中国少数民族文化的跨境和跨文化传播，有助于世界各国的读者对中国传统文化有一个更深入的了解（如表 3－2 所示）。

表3-2 基于WorldCat检索的《召树屯》在海外图书馆的收录情况

OCLC编号	书目信息	海外图书馆
252421301	*The Peacock Maiden*, Foreign Languages Press, 1981.	Staatsbibliothek zu Berlin Universitaäts-und Stadtbibliothek Koöln Thammasat University Library Danish Union Catalogue and Danish National Bibliography Royal Danish Library University of Groningen Library Koninklijke Bibliotheek Universiteitsbibliotheek Leiden National Library of Scotland University of Auckland, General Library Sidney Martin Library UWI
58400869	《孔雀公主》(*Peacock Princess*),中影音像出版社,2004.	National Library Board, Singapore Stanford University Libraries Weber State University University of California Los Angeles County of Los Angeles Public Library Langson Library University of California, Riverside Warren Hunting Smith Library Upjohn Library San Diego Public Library Cornell University Library Columbia University Libraries Denison University Waidner-Spahr Library Austin Public Library
297267153	《召树屯》,广东教育出版社,2007.	National Library of Australia UC Berkeley Libraries Harvard University HathiTrust Digital Library University of Wisconsin University of Florida University of Chicago Library

续 表

OCLC 编号	书目信息	海外图书馆
1243237608	《召树屯》（汉英对照），武汉大学出版社，2020.	Library of Congress Harvard University University of Michigan University of California，San Diego HathiTrust Digital Library UC Berkeley Libraries Bibliothèque Nationale de France National Library Board，Singapore
22803406	《召树屯》（傣族民间叙事长诗），云南人民出版社，1979.	University of British Columbia Library University of Chicago Library Yale University Library
122785105	《中国贝叶经全集》（*The Complete Chinese Pattra Buddhist Scripture*），人民出版社，2006.	University of Wisconsin Columbia University Libraries New York Public Library System Princeton University Library Library of Congress
426279334	《召树屯与婻木婼娜》（歌剧），中国戏剧出版社，1981.	National Library Board，Singapore
28924448	《孔雀公主》，福建少年儿童出版社，1991.	National Library Board，Singapore Raffles Institute University of Melbourne Libraries
166247832	《孔雀公主》电视音乐组曲，中国唱片总公司，1987.	University of Pittsburgh
993705237	《召树屯》（傣族民间叙事诗），中国国际广播出版社，2016.	Ohio State University Libraries
1200847277	《佛教传奇》（连环画），上海人民美术出版社，2009.	UNC University Libraries
884408303	《孔雀公主》，四川少年儿童出版社，2008.	National Library Board，Singapore
936526868	《孔雀公主》，吉林出版社，2014.	National Library Board，Singapore

续　表

OCLC 编号	书目信息	海外图书馆
422885851	《孔雀公主》，人民邮电出版社，2002.	National Library Board，Singapore
828879618	《孔雀公主》，学习出版社，2012.	National Library Board，Singapore
1198151455	《孔雀公主》，黑龙江美术出版社，2019.	National Library Board，Singapore
664129537	《孔雀公主》（*The Peacock Princess*），风车图书出版有限公司，2006.	New York Public Library System

其中，海外图书馆整理的《召树屯》的摘要如下：

It is based on a legend of the Dai people in southern China Yunnan Province. The peacock princess married a prince. His father was under the sway of an evil vulture who had transformed himself into a magician. The magician slandered the princess as an evil spirit, and forced her to fly back to the Peacock Kingdom. It wasn't until the prince did battle with this force of evil that he was finally reunited with his beloved wife.

世界图书馆收藏数据，是对一本图书学术价值、思想创新、作者水平、出版社品牌的综合认定，是图书影响力评价的一个不可或缺的指数（中新网，2013）。表3－2显示，傣族诗歌典籍《召树屯》及其相关的影视作品和研究被英国、美国、加拿大、新加坡、澳大利亚、法国、泰国、印度、丹麦、荷兰、德国、新西兰等国家的知名大学或者国家图书馆收录，收录最多的版本分别是戴乃迭英译的《孔雀姑娘：中国民间故事选集》（*The Peacock Maiden*：*Folk Tales From China*），以及电影版本。最近出版的陈兰芳的译作在国外图书馆也有较多收录，反映了国内民族典籍专题的最新成果在国外获得学界肯定，以及国家文化软实力和国际话语权逐步提升的历史进程。

小　结

在谈及少数民族文学的译介与传播的方法和原则时，美国 Mark Bender 教授说道："好的东西应该传播，让世界共享，让更多的人感兴趣。"（黄立，2014：25）从《召树屯》的原型与叙事模式、演变过程、传播途径、译介转换、影视改编和影响研究等方面入手，能够描绘出一幅民族诗歌典籍经典化生成与传播中的谱系图，对典籍中蕴含的精神基因、审美体验与文化传承进行更深层的发掘和重现。我们要让外国读者多了解中国少数民族的诗歌，尤其是中国西南地区的少数民族诗歌。尽管有诸多的汉学家、国内民族典籍翻译领域的学者和翻译家在共同努力，但目前中国少数民族文学在国外的影响力还有待提高。

第四章 《召树屯》的英译与跨学科研究路线图

21世纪以来，民族典籍译介与传播研究呈现出跨学科、多视角和多元化的发展趋势。在民族典籍翻译领域，语言学、文学批评、文化理论和社会历史学等的不同的研究方法，能够更好地促进少数民族语言和文化的发展，形成对西方翻译研究的主流话语的抗衡力量（Venuti，2016：144）。这种跨学科的研究路线图能够让傣族叙事长诗《召树屯》的翻译研究超越原文文本的语言层面，在对外交流中建构具有中国民族特色的话语体系和阐释空间。

第一节 读者接受

自20世纪70年代以来，翻译研究经历了从重视语言技能到重视文化传承的转换。西方出现了推崇“文化转向”的潮流和学派，开始强调文化因素对翻译的影响，并把译文读者的选择和定位、译本的批评和接受等问题作为翻译研究的重心，倡导文化及翻译的多样性理念。国内学者也认识到翻译在本质上是一种文化之间的沟通，如何让存在于一种文化中的民族典籍以鲜活的形态存在于另一种文化，是译者不得不思考的问题。

一、文化转向下民族典籍翻译对读者接受的考量

民族典籍不再是海外汉学家或学者的专门学问，较之学术界相对系统、深入的线性研究，普通读者则更多地呈现出“碎片化阅读”的特点。因此，影响译

者策略取向和读者接受的“文化距离”“读者意识”等问题就不可避免地成为民族典籍翻译考量的重要因素。姚斯尤为重视作品与读者间连续性地对话的视野。他认为，读者对作品的审美至关重要，大众的参与本身就是历史的一个能动构成，一部文学作品的历史生命如果没有接受者的积极参与是不可思议的。只有通过读者的传递过程，作品才进入连续性变化的经验视野。

在民族典籍翻译领域，读者同样在作品的传播、接受和经典化过程中起着重要的推动作用。一些能够充分传递原诗文学性以及重视读者接受的译作开始在国外出版，搭建了一座中国少数民族传统文化与世界文化对话的桥梁。《召树屯》在跨语际传播中同样也是与读者接受、时代语境以及传播媒介的变化息息相关的。1979 年的《召树屯》修订版，凸显了作品的文学性，将傣族诗歌的词汇、声韵等文体特征，以及傣族的风土人情等社会特征都忠实地传递给读者，让读者领略了傣族人民有关世界、信仰、人生等方面的智慧和经验。因而，翻译作为一种对原文本的再创造和再阐释，应在各种因素制约下能动地解读其张力，在文学观念、文本形态与媒介载体方面与读者进行不断地对话，以发挥民族诗歌典籍的审美意义和文化功用。

二、读者接受视角下的《召树屯》英译策略研究

翻译是一项跨语言、跨文化的交际活动，更是一种前后相继的与读者交流的行为。《召树屯》先后经历了“口头诗歌、韵文体唱本、电影、动画、舞蹈、文学改编”等多模态的传播和翻译模式，对叙事内容和文化隐喻上也都进行了一定的重构和变异，而这些都是重视满足目标读者需求的结果。

译入语读者的文化取向、审美要求及阅读期待等对译者确立翻译目的和制定具体的翻译策略有着重要的影响。研究基于读者接受视角下民族典籍翻译对文体特点、文化意象的处理及读者的诗学期待三方面的考量，制定与后现代语境下读者通俗化、碎片化阅读倾向和翻译的视觉转向等相匹配的翻译策略，将《召树屯》中特有的韵文、谚语、修辞手法等感性内容和艺术因素进行还原，提出民族典籍英译应契合新形势下读者的期待视野，以达到最大限度地推动傣族文化在对外传播中的接受的目的。

（一）文化距离：读者接受的制约因素

读者已有的阅读经验和思维结构会使其对作品的显现方式产生一种定向性期待。每面对一个新文本，读者都会在经验视野中重新组织以往的知识积累，综合各种“经验、趣味、素养、理想”等要素，在阅读过程中产生审美接受（Jauss，1982：23）。也就是说，这种期待视野能够唤醒对已读过的作品的回忆，把读者带进一定的感情状态。

少数民族典籍翻译的过程也是一个双重和互动的文本阅读过程，译者一方面作为读者要对原文本进行阅读；另一方面还要根据译入语读者的期待视野制定适当的翻译策略，拉近读者与原作之间的审美距离，使二者在视界上达到融合。在一定程度上，文本的意义是由原作所赋予的意义和译者的能动性共同造就的。因此译者的首要任务就是从译入语读者的期待视野和接受能力入手，考虑民族典籍的艺术体裁选择问题。

民谣（Ballad）是中世纪流传在英国民间的一种叙事诗歌形式，通常指以神话、传说、历史故事为题材的韵文作品。从它的表现方式和反映生活的广度来看，它也属于叙事诗的一种。故而《召树屯》的英译在体裁上选择民谣体，既可以与原叙事诗“每行长短不一，每四行为一个小节”的基本文体结构统一，又能在主题上呼应民谣表达“英雄、爱情、正义、悲剧和历险”的主题和功能。读者更是从类型的先在理解、从已经熟识作品的形式与主题、从诗歌语言和实践语言的对立中产生了期待系统。

在《召树屯》序歌部分——“诗人的歌”中，叙事者就以诗人的口吻对潜在读者讲述了流传在傣族民间的一个爱情故事：

美丽的故事像一片艳丽的彩霞
纯洁的爱情就像并蒂开放的鲜花
真心相爱的青年人啊
请把这份礼物收下

译文 1：

The tale was as beautiful as a rosy cloud.

The love was as pure as twin flowers
On one stalk, a gift was prepared
For the young couple, true love possessors.

（吴相如、吴炯，2018：3）

译文 2：

True love is like the rosy clouds;
Twin lotus on one stalk.
Dear young friends, hope you will favor
The gift of this long talk.

（郝会肖、任佳佳，2019：47）

译文 3：

A beautiful story is like a flamboyant cloud.
Pure love is like the blooming twin flowers.
Ah, young people in true love
Please accept this gift.

（陈兰芳，2020：3）

在诗歌形式上，译文 2 采用歌谣体这一视觉化的呈现方式，即抑扬格四音步与抑扬格三音步诗行交替出现，每 4 行为一个小节，第 2 行与第 4 行压尾韵，整体工整，有张有弛，曲折多变，增强了诗的节奏性与音韵感，既与读者的心理、生理节奏一致，引起读者的共鸣和审美体验，又可以还原傣族诗歌说唱文学的特点，以及文风纯朴的艺术特征。在意象构建方面，译文 1 用“tale”（故事）表示了这首诗歌的民间性。此外，对于“并蒂开放的鲜花”这个美好的意象，译文 2 将这个诗句理解和处理为是“并蒂莲”（twin lotus flowers）的喻指。因为无论是在傣族传统习俗还是佛教文化中，莲花都是圣洁的象征。在另一部傣族叙事长诗《娥并与桑洛》中，同样有“并蒂莲花结莲蓬”的诗句来歌颂纯洁而忠贞的爱情。在 1958 年的《孔雀姑娘》的编译本中，戴乃迭亦选用“two lotus flowering on a single stem”（Yang，1958：24）的意象来描述王子召树屯和孔雀公主圣洁的爱情。

“文化距离”促使译者处处要设身处地地考虑读者的接受，去“关照”“选择”和“适应”读者。由于傣族叙事长诗本身就集中了歌谣、故事、谚语等口头文学的艺术成果，用民谣体形式对《召树屯》进行重新编码，重视读者的理解和阅读体验，可以跨越翻译中的文化距离，实现译文读者反应和原作读者反应最大程度的近似，使原作可以在新的文化环境中实现更好的接受。

（二）创造读者：期待视野的提升

在民族典籍翻译过程中，语言并非抽象的符号系统。译者首先要领会原文本意图传递的信息和风格，在与原文本互动中完成解码和编码。翻译也不是简单地把一个文化的能指（signifier）转化为另一文化的所指（signified）的过程，而是一个语境的能指与另一个语境的能指的对话（Scott，2012）。翻译的意义更在于作者、译者和读者之间相互的阐释，找到一种能够共鸣的文化、情感或心理结构。

翻译过程就是译者与目的语文化读者进行对话，与读者的常识、感情和审美情趣形成交互。因此，译文在贴近原文形式的同时，应力求迎合目的语文化读者的诗学期待。在传达原文语义信息的基础上，发挥译者的能动性，努力传达原作的“言外言语行为”之力，即让读者最大限度地接受原文中的隐喻、谚语、典故等修辞手段和事物、习俗、概念等“文化万象”。

文化传真是翻译的基本准则，译文应尽量保留源语文化的风格和情调，扩大译入语读者的视野，增加读者对异域文化的了解，获得知识和启迪，满足他们对翻译文学的审美期待。傣族聚居地区属热带气候，原始森林茂密，矿产资源丰富。“老鹰”“金鹿”“玉石”以及“最直的树”等意象勾勒出傣族特定的地理环境，同时也是对王子召树屯品行的影射，暗示他是英勇、机智、善良等品德的化身。译文可对应地将这些词语直译为“eagle”“golden deer”“gem”和“straight tree”，这样能够客观地展示傣族人与环境的密切关系这一文化现象，读者也能从熟知的事物中领略到源文本修辞艺术的新奇性，使译入语读者不断有新的阅读发现，激发他们对异域文化的审美兴趣，激活阅读欣赏过程。

（三）读者关照：文化桥梁的架设

译者在通过文本的“召唤结构”提升读者“期待视野”的同时，也不能忽略与隐含读者的对话和交流。译者在翻译中除了与原作者进行视野上的融合，还要考虑读者对译语文本的理解以及文化审美的接受力。在民族典籍翻译的过程中，我们向国外读者传播中国文化的难度要大一些，因此对文化负荷较重的语言还需做些解释性工作，以关照译文读者的整体语言文化接受水平和情感需求。

在《召树屯》中有许多关于傣族宗教信仰和风土人情的文化负载词，构成了傣族特有的人文之美。其中一些与佛教相关的词语和称谓："菩提树""赕佛""叭拉纳西"等都是从佛教策源地印度的古老文化和民间文学中吸收的外来词汇。从中西宗教文化交流的角度来看，译者可以采用回译、意译和加注等翻译策略帮助读者准确地理解这些超语言因素，来确保认知环境的同一性。

例 1：常青的菩提树啊

每一片叶子都是有情人的心

译文 1：

The pipal tree will remain green forever,

Each leaf is the heart of a lover.

（吴相如、吴炯，2018：5）

译文 2：

Heart-shaped are the Bodhi's leaves,

Magically they never fall.

（郝会肖、任佳佳，2019：47）

译文 3：

Ah, the evergreen Bodhi trees,

Each leaf belongs to a lover's heart.

（陈兰芳，2020：5）

关于"菩提树"的英译，译文有两种形式："Bodhi tree"和"pipal tree"。在《解码文化遗产：记录、再现、遗迹与亚洲间的文化互动》（*Records, Recoveries, Remnants and Inter-Asian Interconnections: Decoding Cultural Heritage*）一书中，Anjana Sharma（2018）指出，"the application of the term 'bodhi' onto the pipal tree includes the tree in the Buddha's realization（菩提树在佛教意象中是悟性

的化身)”。“菩提”一词为古印度语（梵文）“Bodhi”的音译，意思是觉悟和智慧。因此菩提树可直接还原为负载其文化内涵的“Bodhi tree”，同时采取加注方式阐释它与佛教文化和傣族文化的紧密关联：“Bodhi tree is treated as the sacred tree of Buddhism under which the saint Sakyamuni has achieved ‘the ultimate wisdom’. This type of tree is commonly planted by Dai ethnic people by pagodas to show their Buddhist worship.”

例 2：猎人跪在叭拉纳西的脚下
求他解开爱情的锁链

译文 1：

The hunter kneeled down before Bala'naxi,
And begged him to unlock the love chain.

（吴相如、吴炯，2018：23）

译文 2：

He kneeled at the feet of Banāras,
For the myths of love he knew.

（郝会肖、任佳佳，2019：47）

译文 3：

Kneeling at the feet of Balanaxi,
The hunter prayed for the chain of love to be undone.

（陈兰芳，2020：19）

汉译中的“叭拉纳西”系佛教外来语，音译自梵语经文，意思是森林中修行的和尚。叭拉纳西作为佛教传道者是帮助召树屯克服困难险阻的力量源泉。因此译文 2 将“叭拉纳西”回译为其梵文形式“Banāras”，再以加注的方式来架设原作与读者之间的桥梁，为受语中的接受者提供有价值的文献：

Banāras is a spiritual pilgrimage city on the sacred Ganges River in north India. The Buddha preach near Banāras in the Anandavana (the forest of

Bliss), *and deities have always been worshipped there. Gradually the belief is brought from there to region of Xishuangbanna Dai Autonomous Prefecture in China by Buddhist monks. Here Banāras generally refers to a Buddhist monk who preaches sermons in the forestry area* (Swearer, 1995: 130).

例 3：他也按照风俗
　　领着百姓赕佛

译文 1：
Based on the old custom,
He led people to hold the Danfo ceremony.

（吴相如、吴炯，2018：11）

译文 2：
He held the faith for the Buddha,
And guided people by his grace.

（郝会肖、任佳佳，2019：47）

译文 3：
He also followed the customs,
Leading people to worship the Buddlha.

（陈兰芳，2020：9）

"赕佛"指"敬佛"，王子召树屯深受佛教的道德观念影响，行善布施，以慈悲之心为族人谋求福祉和利益。不同的是，译文 1 采用拼音加注释"Danfo: a religious practice, a way of worshipping or showing respect to God."的方式，译文 2 和 3 采用意译的方式，来传递如下信息：在傣族传统社会，敬香赕佛既已经融入傣族人民的日常生活当中，也是傣族人民维系公共道德规范的一个重要方式。

例 4：年老的阿爹手上拿了一根红线
　　轻轻地拴在他们的手上

译文 1：

And esteemed elder held a red thread,

And tired it on their wrists.

（吴相如、吴炯，2018：61）

译文 2：

The old father picked up a red thread,

And tied it on their hands.

（郝会肖、任佳佳，2019：47）

译文 3：

Old father took a red thread,

Tied gently to their wrists.

（陈兰芳，2020：51）

这部分描述的是《召树屯》中的“拴线礼”场景，展示了傣族独具特色的婚俗文化。为了补救异文化在译进另一文化中造成的损失，译者应从潜在读者的角度考虑，在遇到原作中的典章制度、方言土语、俚语行话等的时候，提供相应的知识性注释作为有效的文化补偿策略（姚望、姚君伟，2013：73）。译文可同时采用加注解“In the traditional Dai wedding ceremony, the red threads were tied in the hands of bride and bridegroom by the elder to endow a good luck.”的方式，来对傣族的风土人情进行解码，将翻译中的文化损失降到最低。

译者要服务于作为接受主体的读者，灵活处理语言文化差异和冲突。直译、加注等翻译策略有助于引导读者的阅读和审美体验。当然，好的翻译并不意味着就要一味地迁就读者，译者要发挥创造性，向读者输入民族文化的精华之处，提高读者的语言和文化修养，这才是更积极意义上的读者关照。傣族人民择水而栖，形成了“崇水”的文化心理。水文化也是透视傣族认知体系及价值观念体系的重要表意符号。在《召树屯》第七章“拴线礼”中，百姓们在迎接召树屯和喃婼娜的时候，为他们洒上了象征祝福的水：

例 5：沿路都是百姓

跪在地上为他们滴水

嘴里为他们祝福

孩子们都喊着“水！水！水！”

译文1：

There were many people clustering along the road,

They knelt down and dripped water onto the ground.

Adults were blessing them. The sweet praise was sent to her,

Children shouted, “Shui! Shui! Shui!”

（吴相如、吴炯，2018：61）

译文2：

The route was lined with people kneeling

And watering the ground beside.

The sweet praise was sent to her,

“Nam! Nam! Nam!”, children cried.

（郝会肖、任佳佳，2019：47）

译文3：

People waited along the road,

Kneeling on the ground, dripping water for them

And giving them their blessings.

Children shouted, “Water! Water! Water!”

（陈兰芳，2020：51）

此处“水”作为一种呼语，表达了召树屯的族人为他们的爱情而欢呼，而重复的修辞手法更使狂欢的气氛呼之欲出。如果直译为“Shui! Shui! Shui”或者“Water! Water! Water!”，则可能会导致读者无法理解——由于文化鸿沟而无法把“水”这一事物和“庆祝”这一活动产生关联。死译或硬译忽视了文学贵在传神的要旨，译者应在吃透原文的基础上，把原文投入翻译的熔炉，加以冶炼，化成既准确又自然的译文。在傣语中“水”的发音通“Nam”，正好与喃婼娜的名字简称相同，因此可将“水”这一呼语创译为“Nam”，一方面可再现傣语的语言风貌和文化内涵，另一方面可以借指孩子们通过呼喊新娘喃婼娜的名字以示友好。

这种创造性翻译不仅在文体上能实现源文本“一语双连”的修辞效果，在文化语境中也能达到一种创造性对等。为使读者更好地了解这种文化语境，译文可同时为“百姓跪在地上滴水”和“孩子们呼喊水”这两个活动添加以下注释：

1. *Water for the Dai is the source of life and the embodiment of justice and truth. Dripping water on the ground during the wedding ceremony symbolizes that good fortune will befall.*

2. *In Dai language, Nam means “water”. Here the kids cheered with this word repeatedly as a way of hooray. Meantime, it refers to these children call Nam Ruona “Nam” for short.*

译文通过外来观察者的视角审视傣族的语言特征和文化礼节，在保留民族性的前提下阐释了异文化事象，填补了译入语读者的联想空白。傣族诗歌典籍以特有的风姿和格调丰富了中华民族的文学艺术宝库，更在中外文化交流史上推动了世界文学图景的书写。通过读者接受理论视角探究傣族叙事长诗《召树屯》的英译策略，从文体特征、文化心理、审美心理等方面阐述少数民族典籍如何在英译中缩短文化距离，体现了翻译是一项互动的阅读，一种文化之间的交流。译者力图跨越文化距离，在源语文化和接受文化之间进行适当协调，满足读者的期待视野，使译文在异域文化圈内得到不同文化层次读者的接受和喜爱，争取到更大的读者群，扩大译作的接受阈，让少数民族典籍走出文本语境，焕发出全新的文化价值和美学魅力。

第二节　多模态翻译

20 世纪 90 年代以来，多模态翻译开始融合现代多媒体和网络技术的最新成果，强调非语言因素对翻译的影响，把翻译的文化适应和受众的意义空间等问题作为翻译研究的重心，倡导文化及翻译的多维性理念，已成为新媒介语境下翻译研究的一个新方向。

一、“多模态翻译”国内外研究述评

多模态（Multimodality）是一种“来自不同符号系统的意义集合”（Kress & Van Leeuwen，1996），本质上指在给定语境中一种以上的模态并存的现象，这些模态包括口头语言、书面语言、图像和声音等（Gibbons，2012）。在多模态交际中，模态既各自独立发挥作用，又通过彼此的交接和互动产生意义，具有同等的意义建构潜能（Kress & Van Leeuwen，2001；Borodo，2015；Ketola，2016）。多模态话语分析的核心是研究语言之外的其他符号系统如何与语言符号互动从而表达意义，这一分析方法对于翻译研究或本地化翻译研究尤其具有适用性（Dicerto，2018）。

国内李战子（2003）首次对 Gunther Kress 和 Theo Van Leeuwen 的视觉语法进行了分析，提出多模式话语在图像时代的意义建构功能。多模态话语分析主要研究多种符号资源在同一语篇中如何协同来实现意义（张德禄、王正，2016）。翻译包含着多种符号系统的转换与信息传递（朱玲，2017），因而在传达源文本语言文字信息的同时，还原其附带的多模态内容，以适应新时期受众的认知心理，成为翻译领域的研究者要深入探究的重要问题。

陈风华和董成见（2017）以《习近平谈治国理政》英文版为例，剖析了其富含的图像、文本和色彩等元素，结合多模态翻译理论框架和多模态话语分析框架，考察了多模态翻译在塑造中国亲仁善邻、爱好和平与大国风范形象方面的重要作用。王悦晨（2018）认为语内翻译、语际翻译和符际翻译是一种多模态的翻译。经典文学作品中的图画是一种多模态的话语呈现，具有符际翻译的元素，是一种连接东西方不同文本的互文关联。因此，翻译要重视语内、语际和符际这三维之间的交融和杂糅。王海燕、刘欣和刘迎春（2019）以中国科技典籍中的农学、军事和医学三个子类为研究对象，通过将视觉模态与听觉模态的非语言翻译策略与言语翻译策略协同，对中国科技典籍的有效的国际传播进行了实践探索。

总之，多模态翻译作为新媒介语境下翻译研究的一个新方向，改变了人们对翻译活动和翻译质量评估标准的传统认知（许勉君，2017）。在当今网络大数据信息时代，民族文化的多模态、多媒体融合译介更是中华民族文化“走出去”的必然趋势和有效途径（黄中习，2019）。

二、新媒介语境下《召树屯》的多模态翻译模式建构

翻译是文化之间互动交往的桥梁。译介非遗文化典籍过程中面对的首要问题就是让中华文化的民族瑰宝以鲜活的形态与世界文化交流交融。因而在传达源文本语言文字信息的同时，再现其附带的多模态内容，以适应新时代受众的认知心理，成为民族典籍翻译领域的研究者要深入探究的重要问题。

多模态翻译作为新媒介语境下翻译研究的一个新方向，改变了人们对翻译活动和翻译质量评估标准的传统认知。《召树屯》是傣族文学的经典之作，既是研究傣族历史生活极为宝贵的资料，也是英语世界认知中国少数民族优秀文学作品的重要参考。鉴于这部典籍具有由“佛经、谚语、赞哈音乐、民族服饰和婚俗典章”等多要素构成的多模态话语属性，译者将传统的单媒介诗歌文本转化为融合视觉意象和听觉意象的非文字模态的多模态翻译模式，能构建出一种源语读者和目的语读者共通的认知语境，促进民族文化的国际交流和域外传播。

（一）视觉模态：文体与思想视界上的契合

翻译是一个双重和互动的文本阅读过程，译者首先要以源语读者的身份对源文本进行阅读，然后还要依据目的语读者的期待视野，制定适当的翻译策略，缩短读者与源语文本之间的审美距离，使二者在视界上达到契合。在一定程度上，文本的意义是由源语文本所富含的意义和译者的能动性共同造就的。因而，译者的首要任务就是考量民族典籍译文的文体风格。

例如，对于彝族撒尼民间叙事诗《阿诗玛》和傣族叙事长诗《朗鲸布》的翻译，Gladys Yang 和 Rewi Alley 都采用了歌谣体（Ballad）形式，把我国优秀的少数民族诗歌典籍介绍给西方世界，这种文体的转译方式也得到了国内外学界的肯定，收到了理想的传播效果。在《召树屯》第三章“勐董板有七个姑娘”中，叙事者首先以诗人的口吻向潜在读者描述了傣族人民生活的自然环境：

勐董板是个好地方
遍地开鲜花
满山是牛羊

来往的人都骑着大象

译文 1：

Mengdongban was a nice place,
With so many blooming flowers.
Cattle and sheep were all over the mountains and plains,
People rode on elephants to and fro.

（吴相如、吴炯，2018：15）

译文 2：

Flowers stretched out in Mengdongban,
Flocks were fed on the hills,
Shepherds rode on the elephants,
Across the mountain sides.

（郝会肖、任佳佳，2019：47）

译文 3：

Mengdongban was a fine place,
Where flowers were blooming everywhere.
Mountains were full of cattle and sheep,
And people travelled by riding elephants.

（陈兰芳，2020：51）

《召树屯》的英译在文体风格上亦可选择歌谣体，以诗译诗，再现源语诗歌简洁的语言特点，揭示傣族文化的精神内涵。因为从表现方式和反映生活的广度来看，歌谣也属于叙事诗的一种。译文 2 尝试采用歌谣体这一视觉化的呈现方式，既与原诗“每四行为一个小节”的基本文体结构一致，又呼应了歌谣传达的“英雄、爱情、正义、悲剧和历险”的主题，使读者更能从类型的先在理解上对译文产生期待，感受到源语语言与叙事艺术的美感。

插图不仅对源语诗歌文字作了补充说明，而且帮助转换和保存文化元素，映射了艺术创作时期的社会习俗，起到了视觉信息的传播作用。1961 年外文出版社出版的首部《召树屯》（连环画版）英译本收录了画家程十发绘的40幅插图，画稿色彩绚丽、色度鲜艳，不仅真实地反映了傣族地区的自然地理风貌，而且对傣族女性柔美而又刚毅的气质形象和艳丽的服饰格调等均刻画得具有临场感。1979年云南人民出版社再版的《召树屯》汉文本则收录了刘绍荟创作的4幅插图，流动的线条勾勒出傣族人民对人性的自由和理想爱情的追求，渲染了傣族叙事诗的原生态形式和美感，体现了傣族文化典籍文学性和艺术性的有机结合。

在多模态翻译中，视觉元素用于传递语言信息。图文符号同时呈现，图像以不同的模态完成对文本的翻译。《召树屯》中蕴涵的具有显著的傣族文化特色的“服饰、装饰、身姿和色彩”等多模态的视觉符号，在少数民族文化的对外传播中彰显了民族审美文化的亮点。读者在阅读语言文本和图画信息的过程中会建立多重的和互为补充的心理表征，插图的融入能拓展译者对文本内容的阐释，强化读者对文本主题和文化信息的接受，减少民族典籍在翻译中的文化损失。2018年云南人民出版社出版的，以及2020年武汉大学出版社出版的《召树屯》英译本，虽在语言和文本结构上做到了对原作的忠实，但因舍弃了民族重彩画的叙述元素，阅读的趣味性、生动性和艺术的感染力无疑在跨文化传播中产生了“文化折扣”。

译文加注是跨越文化鸿沟、补充傣族诗歌典籍民族志信息的一种有效手段。只有以多元文化观察者的身份来审视傣族独具的风俗礼节，对《召树屯》中的方言土语、典章制度和民俗风情等提供相应的知识性注释，译者才能在保留民族性的前提下阐释异文化事象，填补目的语读者的想象空白。《召树屯》云南人民出版社2009年出版的汉译本有30条注释，云南人民出版社2018年出版的英译本有32条英文注释，武汉大学出版社2020年出版的英译本有37条英文注释。两种英译本对傣族的宗教信仰、神话典故和崇水习俗等一一作了释义。为确保译文的流畅性和文化意境传递的准确性，直译和添加注释的翻译策略最大限度地还原了傣族诗歌的文学性和思想性特征。例如，对于傣族谚语、宗教信仰、传说中的金鹿和神鸟“锦那丽、锦那暖”以及傣族婚俗“拴线礼”等，译者都增添了详细注解，充分展现了诗歌原始精神风貌及其深层文化内涵，使译文真正达到了形神兼备。

（二）听觉模态：傣族诗歌的韵律美与意境美的再现

源于贝叶经的《召树屯》在傣族民间主要以口述故事和韵文体的“赞哈唱

本”两种形式流传开来，后经民族学家发掘、整理和翻译成汉文出版后在国内外产生了广泛影响。书面文学媒介的傣文手抄本和汉译本不但改变了口述文学的传播方式，使其原有的语言文字样式和听觉符号得以保存下来，更促进了傣族文学的跨文化传播和发展。音乐性是傣族诗歌的一个自然属性，在《召树屯》翻译中最大限度地保留源语赞哈调的韵律美和意境美，使目的语读者对原典的格律特征有所认识，也是译者应尽力遵循的一个翻译原则。

赞哈调在傣族古歌谣、颂歌等唱腔韵式的基础上发展而来，由三四个音节的短句和十几个音节的长句交替组成，韵律上有内押韵和句末押韵等主要形式。《召树屯》中出现的“铓锣、玎琴、芦笙、象脚鼓”等都是赞哈伴唱的主要乐器，这些傣族乐器的共同特点是曲调与咏唱密切结合，乐段变化反复，与傣族叙事诗“反复铺叙、反复咏唱”，以及“比喻、夸张、重叠、渲染”等多重修辞手法相契合。

英国歌谣体诗歌同样具有很强的韵律感，通常在诗节中大量运用叠句递增和重复来渲染气氛和推动故事情节发展。因而，在英译中通过歌谣体这一听觉化的呈现形式，能够最大限度地再现傣族诗歌的音乐特征。

例如，在第二章“王子召树屯”中，占卜师摩古拉为王子召树屯卜卦祈福时说道：

天空中最能飞的是老鹰
地上跑得最快的是金鹿
孩子的名字啊
应该叫做召树屯

译文1：

The eagle is the king of birds in the air,
The golden deer is the fastest runner on the ground.
The name of the prince
Should be Zhaoshutun.

（吴相如、吴炯，2018：9）

译文 2：

The noblest eagles flies at sky's height,
Speed gives the golden deer fame.
Be a warrior and win the fight,
Zhaoshutun matches his name.

（郝会肖、任佳佳，2019：47）

译文 3：

The best in the sky is the eagle,
The fastest on the ground is the golden stag.
Ah, the child's name
Should be Zhaoshutun.

（陈兰芳，2020：7）

诗化的语言能激发读者的想象和情感共鸣，译文 2 采用歌谣体诗行形式再现了傣族诗歌的节奏性和音韵感，更能让读者在心理上找到一种能产生共鸣的文化和情感结构。以诗译诗的翻译实践表明，译者可借助歌谣体形式来做出切合源诗歌语篇的形式特征和艺术内涵的翻译。

此外，译名作为民族典籍进入西方文化概念系统并持续不断地生成意义的第一个文化符号，其重要性在翻译过程中也不言而喻。《召树屯》的译名目前存在多达七种异文，勾勒出这部傣族典籍在国外的演化与接受史。1961 年外文出版社的英文版译名为"*Chaoshutun and Nannona*"，采用音译的方式保留了其听觉上的声音效果，为傣族典籍在英语世界的传播开辟了道路。在 WorldCat 图书馆藏数据库中，《召树屯》的载体形态和文类特征被作了以下附注："*Chaoshutun and Nannona*: Adapted from a Folk Narrative Poem of the Tai People in Yunnan Province, China. Illustrated by Cheng Shifa"，提高了读者索取信息的针对性和准确性。

在国外学者的研究文章和学术专著中，《召树屯》还有"*Zhaoshutun: Dai Folk Narrative Poems*""*Zhaoshutun: Legend of a Dai Prince*""*Zhao Shutun Epic*""*Peacock Princess*""*Zhaoshutun: Peacock Princess Story*"和"*Peacock Princess Fable*"等变体形式，可见这部长诗的译名经历了从"音译"到"意译"再到

"音译、意译和描述相混合"的历时变化，以及"叙事诗""传奇""史诗""故事"和"寓言"等的类别探微。

过于归化的旧译和音译会掩盖原典的文化意义，而过于杂乱的译名也容易给人带来困扰，在数据检索上不具唯一性和一致性。因而，规范民族典籍的译名十分必要。为保持源语的文化特征和听觉属性，对《召树屯》这一书名的翻译可借鉴路易·艾黎《朗鲸布》（*Not a Dog*：*An Ancient Tai Ballad*）的译法，以及荣鸿曾（Bell Yung）英译的《帝女花》（*The Flower Princess*：*A Cantonese Opera*）那样，将其译为"*Prince Zhao Shutun*：*An Ancient Dai Ballad*"。首先，沿用部分旧译以便目的语读者对其历时传播中形成的规范产生关联，满足译名的指称性和专属性的认知条件。其次，对译名进行符合时代语境的少许变异。依据国家颁布的各民族名称的罗马字母拼写法和代码，将民族名称"傣"规范为"Dai"。最后，采取补充人物身份和文本体裁等背景信息的"文化互渗"译法，实现文本的"交际—语用"功能，让目的语读者深入了解译作的文化属性。

（三）传播模态：民族文化基因的再生

《召树屯》在跨文化和跨媒介的流变中，衍生出绘本、木偶片、歌舞剧和电影等多模态的符码形式，共同塑造了以"孔雀符号"为象征的傣族文化和价值观念体系，促进傣族诗歌典籍在不同文化交融中获得新的生命力。文化的生产、传播和消费其实就是符号的生产、传播和消费。对受众来说，当一种民族文化以动画、舞剧等艺术形式进入衍生产品市场后，消费者更愿意为之投入热情。

动画艺术是传承少数民族文化的载体之一。1963 年上海美术电影制片厂摄制的木偶动画《孔雀公主》以极具意象性的民族文化刻画，受到了国内外观众的喜爱，客观上推动了《召树屯》这部叙事诗走向世界。20 世纪 70 年代末，傣族神话舞剧《孔雀公主》更是多次在国外演出，受到日本、泰国、缅甸、印度、老挝等国家观众的欢迎，成为中国当代少数民族舞剧发展史上的一个里程碑。由作家白桦改编的电影《孔雀公主》进一步吸收了贝叶文学中的浪漫主义元素，在国际影坛上独树一帜，获得多个奖项。这表明傣族文化已经跨越国别和媒介，其民族文化基因在创新中得以传承和弘扬，有了一定的世界影响力。

开放出版方便读者在第一时间共享人类文明成果，这一模式的兴起可以说是为少数民族文化典籍找到了一个新的传播方式。以英国图书开放出版和获取网站“Open Book Publishers”为例，截至2020年，该平台已在线出版图书153部，和世界范围内140多家图书馆开展了合作，其中涉猎各国口述文学研究与翻译的著述有22部。青海土族学者李得春与Gerald Roche合译的《土族叙事长诗》是该平台第一部关于我国少数民族诗歌典籍的译作。它采用“土族语—汉语—英语”三语对照方式，向西方读者译介了流传于青藏高原东北部土族的7部长诗。它不但是土族活态口头文学的经典集成，更融汇了藏族、土族和汉族的民间智慧和文学成就，堪称中国少数民族绚丽多姿的艺术宝库的一个缩影。

《土族叙事长诗》的翻译和传播模式对进一步探讨《召树屯》的翻译和国际传播具有一定的启发意义。一方面，“傣—汉—英”三语对照方式能真实反映我国民族聚集地多元的语言文化景观，能为读者引介诸如“婚姻制度”“僧侣文化”“民间音乐”等文化理念，保留傣族语言文字独特的风格和情调；另一方面，集体合作的翻译方式和在线出版的传播模式，符合新媒体文学的认知和接受特征，能为译作赢得更多的受众，让少数民族诗歌经典在与读者互动中获得新的生存空间和发展。

翻译是对源语言文字的再阐释和再创造，在与文本形态、媒介载体和目的语读者不断对话的过程中，发挥民族典籍的审美张力和文化功用。随着大数据时代和新媒体文学的推进，《召树屯》的对外传播应充分调动先进的科技手段和学术观念，探索出一条符合新受众认知的翻译和传播路径。例如，傣文输入法的研发实现了傣族典籍的数字化，动漫游戏的改编、周边衍生产品的研发、孔雀公主IP的打造等更能让民族文化精品与国际接轨，吸引新生一代传播中国民族文化，以傣族“孔雀公主”的历史文化名片来“坚定文化自信，用文艺振奋民族精神”。学术交流的国际化更是扩大《召树屯》影响力的一个催化剂，“阿诗玛国际学术研讨会”将彝族文化传播到世界各个角落就是最好的佐证。此外，从比较文学视角探寻《召树屯》与西方叙事诗的共识，以及采取“节译”的方式在国外权威的诗歌杂志上对《召树屯》进行译介等，都能加深其在国际传播中的文化印象。

第三节 民族志诗学

民族志（Ethnography）是对特定地区、特定少数民族的历史、社会、文化等方面情况的记录。民族志的来源一般分为梳理历史学家的文献资料，以及人类学家通过田野调查完成一手资料的搜集和整理。民族典籍翻译研究中的民族志视角，一般指的是“基于对人类群体社会、文化现象的记述文本的研究”（刘玉皑，2018：7），强调民族群体文化的整体性研究与描述。

民族志诗学（Poetics of Ethnography）就是对少数民族族群的口头诗歌传统给予关注，还原谚语、谜语、挽歌、叙事诗等民族文化中的口头程式和声音表征等。一些民族诗歌典籍创作的初衷就是为了吟诵或者传唱的。民族志诗学融入民族典籍翻译研究的主要目的就是把简化的文学形式还原为能在具体语境中传播的丰富而多彩的活态文学。因为在民族志记录的过程中，这些以口头形式讲述的诗歌通常被随意地翻译为散文体，其间丝毫没有捕捉和再现原作形式的努力，剥夺了原来叙事表现的潜在空间和优雅风格。译者需要以诗人和民族志学者的文化身份来翻译和撰写田野笔记，将感官和声效结合起来，尤其要考虑民族诗歌典籍的文体和节奏：

> 我们从当前的语境（时代）来叩响民族志诗学的大门，为诗歌典籍呈现出的空间异质性（架空世界）和文化的原貌而感到惊奇。在我们完全领略诗歌的语篇意义之前，我们的审美被每一个词组、短语、乐节所延异（Stone，2018：46）。

一、《召树屯》演唱文本的口头程式

《召树屯》的开篇就用了唤起式的有表现力的文本，表现出赞哈说唱的口头叙事和表演特征。诗句给读者的整体印象就是“大家从四面八方赶来，就像节日一样，听着民间诗人赞哈将孔雀公主的爱情故事缓缓唱来”：

美丽的故事像一片艳丽的彩霞
纯洁的爱情就像并蒂开放的鲜花
真心相爱的青年人啊
请把这份礼物收下

译文1：

The tale was as beautiful as a rosy cloud.
The love was as pure as twin flowers
On one stalk, a gift was prepared
For the young couple, true love possessors.

（吴相如、吴炯，2018：3）

译文2：

A beautiful story is like a flamboyant cloud.
Pure love is like the blooming twin flowers.
Ah, young people in true love
Please accept this gift.

（陈兰芳，2020：3）

书写文本难以忠实地传达原作多模态表演情景中的诗歌效果。因此，译本应努力在长诗的演述形态、表达语调的调式、感叹以及标记出口头的动作方面来修复原诗中的文化。原诗的第一章是以第一人称来作为叙事的主体的，翻译应增加这种故事的临场感。故陈译本增译了叹词“Ah”，以及用祈使句的语态来拉近与隐含读者的心理距离，让读者去倾听这个故事。吴译本则更侧重用被动式进行静态的呈现，让读者去阅读和构思故事中的文化图景。“礼物”指的是将这个动人的故事作为礼物，送给前来围观的“相爱的青年人”，因而以上诗节也可以试译为“True love is like the rosy clouds; /Twin lotus on one stalk. / Dear young friends, hope you will favor/The gift of this long talk.”（郝会肖、任佳佳，2019：47）。译者要尽可能呈现原作的韵律，在翻译中争取做到与原文音韵对等的效果。

在召树屯偷藏了孔雀公主喃婼娜的孔雀衣的时候，喃婼娜为召树屯的歌声所吸引。诗歌中并没有直接描写喃婼娜初遇王子召树屯时的神情举止和心理活动，但通过召树屯的话，读者能感受到她心理的微妙变化和娇羞的面部表情：

请你不要再用双手遮住脸
只求你轻轻看我一眼
我知道，只要你看我一眼
你就会看清我的心房

译文1：
Please don't cover your face with your hands,
Just take a look at me.
I know if you do,
You will read my heart.

（吴相如、吴炯，2018：3）

译文2：
Please remove your hands that are covering your face,
Just take a glance at me.
I know that one look at me
Will show you my heart.

（陈兰芳，2020：37）

1961年外文社的编译本用"shy but elated"对这个诗节中不在场的女性形象进行了客观而又写实的标记。因此第一句也可改译为："Please remove the fear from your face"。除了召树屯与喃婼娜、神龙，国王与摩古拉，喃婼娜与国王等的大量对话外，诗歌中还出现了内心独白：

他向四处张望
对着河水叹息
"难道就是这条河啊
拦住我走到妻子面前"

译文 1：

He looked around
And sighed deeply,
"Is it the river that will get in my way
Where I look for my wife?"

（吴相如、吴炯，2018：119）

译文 2：

He looked around
And sighed at the river,
"Is it the river
That will stop me from reuniting with my wife?"

（陈兰芳，2020：99）

译文 3：

As there was no boat,
He could not cross it,
Was Chaoshutun deterred by the river?
No!

（外文社，1961：34）

从口传到文本再到翻译的文体和语域的变异，不可避免地产生信息缺失、表达变形和阐释误读等问题。诗歌是富有音韵的语言形式，《召树屯》就是一部具有鲜明赞哈说唱格调的动态文本，是可以通过富有感情的朗诵、吟唱来传意的。译文 3 虽然是编译本，但在保留诗歌的文学性的同时，注重与潜在读者的对话性。因而，从审美的观点来看，首先具有流畅的、可读的和可交际性的诗歌译本才能产生审美效应。其次译者应勇于面对采用诗化的语言和韵体节奏，再现傣族诗歌的音韵之美的挑战。

二、《召树屯》中的数字模型与英译

傣族叙事长诗《召树屯》中有一些反复出现的数字，剖析这部诗歌典籍中的数字隐喻文，有助于揭示数字背后所蕴含的人文精神与民族心理。在傣族叙事长诗中，出现最多的是奇数“三”“七”“九”，体现了对祖先、对自然的敬仰和尊崇。总体来说，这是同傣族人民长期以来的生产、生活紧密相关的，是建立在长期以来形成的习俗和共同的信仰上的（寿轩，1988：51）。

在《召树屯》中，出现的具有特殊意义的数字同样有“三”“七”“九”等奇数，以及“六”“十六”和“四十六”等偶数。其中数字“三”出现的次数最多，用来罗列“三声炮响”“绕着城池转了三转”“向神龙拜了三拜”“三座奇怪的石山”和“三道墙”等文化意象，以及描述“走了三百三十三天”“三年”和“三天”等时间意象。

首先，以“三”联结起的文化仪式喻指了“家族—村寨—国家”三层社会组织结构和文化心理。在傣族民间传统祭祀节日和家庭活动中，“三拜”表示尊重传统。在村寨建筑文化中，“绕着城池转了三转”“三座奇怪的石山”和“三道墙”揭示了傣族古村落的领土广大。“三声炮响”则是御敌出征的讯号，是中华民族普遍的民族心理体验。

其次，在傣族的时间观念中，“三”具有夸张性的象征意义。例如在下面诗节中，数字“三”集中地体现了召树屯历经的磨砺和考验：

又走了三百三十三天，
召树屯来到砂石的海洋旁边
只见一片烟雾
下面的砂石沸腾滚卷

译文 1：

After another three hundred and thirty-three days,
Zhaoshutun arrived at a sea,
Where the beach was full of gravel and smoke,
The lower gravel was rolling and roaring.

（吴相如、吴炯，2018：121）

译文 2：

After another three hundred and thirty-three days,
Zhaoshutun came close to an ocean with gravels.
He could only see a cloud of fog
Under which the gravels were boiling and rolling.

（陈兰芳，2020：101）

译文 3：

For three hundred and thirty-three days
He rode without resting.
Finally he arrive at the side of a river
Which curled like a huge dragon between two mountains.

（外文社，1961：34）

三种译文都忠实地呈现了原诗中的数字意象，其中译文 1 和 2 通过“rolling and roaring”和“boiling and rolling”模拟出飞沙走石的声音效果，译文 3 则用静态的表达方式，用河水如蛟龙盘踞在两山之间的意象来突出环境的险恶，以及召树屯的智勇。

此外“七”象征着美丽、善良、纯洁的少数民族女性形象。《召树屯》中“七个姑娘”“七只飞雁”“七朵海棠”“七朵鲜花”“洗了七次脸”“饮了七次水”“七朵浮莲”等都是美好的文化符号，是对自然美的移植。偶数的出现又与诗歌中的奇数互为补充，形成了动态的平衡美。总体来说，这些数字模型是译者解密傣族人民内心深处的文化密码和心理遗迹的钥匙，只有贴切的翻译才能让异域的读者领略傣族叙事长诗神秘而又浪漫的魅力。

三、《召树屯》多声部叙事中的族群记忆

傣族诗歌典籍《召树屯》拥有丰富的民族志文化资源，构成了多声部的复调叙事。傣族赞哈韵文体手抄本以及刻在贝叶上的佛本生故事，无疑描述了傣族族群最切实的文化体验。更重要的是，作为一种伦理手段，这种负载着原始文化形态的民族志鼓励读者参与意义生产，试图激起读者与他人实现共同体认同的欲

望，同时保持而非抹除差异（费希尔，2006：283）。1985 年，波罕蒙等整理的《召树屯》唱词版（傣泐文），内有云南著名画家柯德恩绘制的 4 副彩色插图，分别是相遇、分离、考验和团圆场景。插画和傣语文字具有补充和储存傣族族群记忆的社会功能，对民族典籍翻译中的诗学呈现有很大的启发作用。

傣族经典文字傣泐文，在境内西双版纳，以及泰国、缅甸、老挝等邻国备受推崇。用傣泐文出版的各种书籍报刊也颇受这些周边国家欢迎，总之傣文在促进边疆地区的文化教育事业和经济繁荣方面起到了无可替代的重要作用（玉康、张秋生、岩温龙，2006：2）。在《召树屯》唱词版（傣泐文）的封面上，我们可以直观地看到作为傣族文化象征的大象和孔雀符号，以及傣泐文的形体和外貌特征，联结了傣族族群共同的心理归属和文化归属，同时这种异质性也启发了译者和读者对少数民族文学的兴趣（如图 4－1 所示）。因而，族群身份感的追寻不仅是民族志诗学研究，也是诗歌典籍翻译努力实现的一个重要方向。

图 4－1　《召树屯》唱词版（傣泐文），1985

《召树屯》傣文唱本的开篇是这样的：

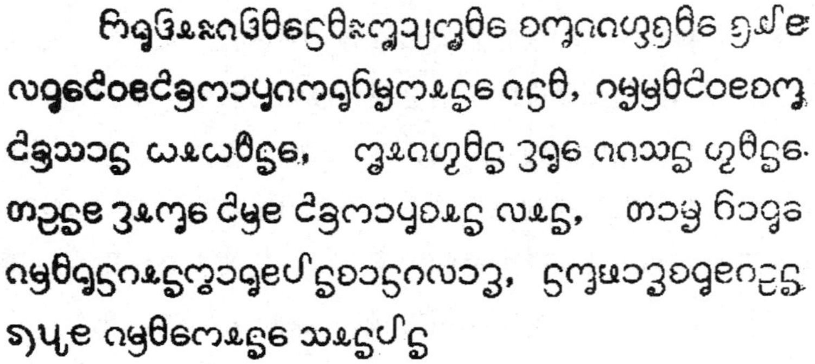

翻译成汉语意思是："盼着到哪里走走，到哪里也不能忘纸和笔。美丽的故事就像满树的鲜花，就像昆明城一样遥远。朋友啊请你留下来，听这一段美丽的故事。"这种"序歌"是赞哈演唱时候的开场白，即兴编唱也是赞哈吟唱诗歌的一个特色，极具召唤力和亲和力。在孔雀王国的七公主喃婼娜出场的时候，赞哈又唱道：

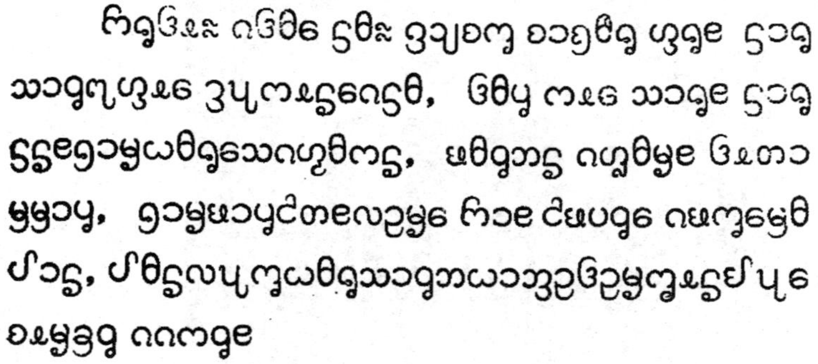

翻译成汉语意思是："最美丽善良的要数第七个姑娘，七姐妹都像美丽的海棠。她们的美丽光彩夺目，正是含苞待放的华年，她们来自遥远的王国勐董板。"赞哈的演唱，无论是在历史上还是今天，除了娱乐功能，也是傣族人民了解傣族社会历史、文化各个方面的重要文化活动方式（袁炳昌、冯光钰，1998：445）。从某种意义上来说，赞哈说唱既是民族志诗学的研究内容，也是民族志诗学的书写者。而民族典籍的翻译者，同样要走进田野（或采用数字民族志的调研方法），参与意义的生成，寻求一种更好地翻译和转写少数民族口头诗歌的手段。

回译体现了不同文化之间的交流融合的历史轨迹，能够如实、完整地传达典籍原文的文化信息。在回译的认知和关照过程中，文化的差异和文化间的关联将一览无余（陈志杰，2009：282）。因而，译者要综合运用文化人类学、文献学、民族学等方法，考证文本中的原典出处，还原原作的时代面貌和其中融合的多种文化的集体声音。《召树屯》中的很多名字和术语都是从印度梵语转借而来的（东方既晓，1989：111），因此通过文献学溯本清源的方式，"找到梵语术语对应语"的回译策略更利于架构起民族典籍与世界交流的桥梁（如表4－1所示）。

表4－1　《召树屯》中术语的佛经文化渊源

术　语	梵　语	注　疏
召树屯	Sudhana	善财童子、英雄之子
勐板加	Pancala	古印度16国之一
勐董板	Udumbara	稀有之地
锦那暖	kimnara	神鸟，雄性
锦那丽	kimanali	神鸟，雌性
叭团	Dhara	具有超能力的位高者

人类学家、诗人Nomi Stone用诗歌的形式记录了她的民族志诗学的书写过程："带上防水笔记本/阿拉伯语旅游手册/防虫喷雾/驱蛇器。我驶错了方向/现在是通往垃圾填埋场/还是诺曼底的历史战场?"（Stone，2018：49）。可以说，《召树屯》的英译也是一种跨文化、跨时空、跨文本的旅行和对话。通过参照《召树屯》傣族原典籍中的段落布局、语调等声音特征，记录表演者的动作等诸多的符号和其他复杂的标记方式，都是为了尽可能立体、形象地在翻译中重塑《召树屯》赞哈说唱的表演性、民族性、异质性和民族志诗学。

第五章 《召树屯》中的傣族谚语英译研究

我国民族语言和文化的多样性使中华文明异彩纷呈。谚语作为民族语言和文化符号之一，集中体现了各族人民关于世界、信仰、人生等的智慧和经验。谚语与各民族的生活习惯、物产风貌、自然环境相关，具有实在性、参与性和亲融力。谚语是推动少数民族文化认同感的重要载体。居于我国西南边陲的傣族文明程度相对较高，在历史发展中形成了具有浓郁民族风情的文化传统。傣族诗歌典籍中流传着的丰富的民间谚语，体现出独特的语言特点和思想文化内涵。随着少数民族典籍的整理、翻译和阐释工作的推进，越来越多的国内外研究者开始关注傣族谚语所蕴含的文学价值、文化价值和意蕴。翻译傣族叙事长诗《朗鲸布》的新西兰作家路易·艾黎（1983）指出中国有许多精彩的民族叙事长诗，如能把这些文化遗产介绍给西方国家，哪怕只是很小的一部分也是一件很有价值的事情。艾黎的译文用简洁的语言传递了傣族谚语中的田园思想，在目标语读者中产生共鸣，使傣族文化进入国外学者的视野。

但国干（1985）提出民族谚语在跨文化和跨语际翻译中，要保留其句法结构、音韵特征和修辞形式等民族性特征，以还原其经验性、口语性、说理性的艺术特色和文化内涵，为少数民族文化的跨文化交流做出了有益尝试。李粗宗、马加林等选编的《中国少数民族谚语选》以及中国民间文学集成全国编辑委员会和中国民间文学集成云南卷编辑委员会编辑的《中国谚语集成：云南卷》（2002）等收录了傣族自然生态、气象节令和社会生活等方面的谚语数百条，为国内外学者研究傣族谚语提供了丰富的语料。高立士（1990）对西双版纳地区的傣族谚语进行梳理和译介，为英语世界了解活态的傣族口头文化提供了翔实的文献参考。

近些年来，曾毅平（2000）、板永明（2014）等通过对傣族谚语的归类和研究，认为傣族谚语不仅体现了傣族人民的生活风俗、民族心理素质、语言风格和傣族传统社会道德，更是研究语言与文化关系的一个重要样本。然而，在当前国内民族典籍翻译领域，傣族谚语翻译研究还未引起学者的足够重视，与其丰富的存世量、特有的文学魅力以及在民族文化传承上的重要地位还不相称。分析傣族叙事长诗《召树屯》中蕴涵的傣族谚语艺术风格和文化内涵，探索谚语的相应英译策略，能使译文在新时空背景下与读者阅读体验最佳融合，实现构建民族诗歌典籍审美需求的目标。

第一节　傣族谚语的文体特征

《召树屯》是一部傣族经典叙事长诗，揭示了傣族传统的道德理想和生活风俗，更是反映语言与文化关系的一个重要样本。它采用了传统情歌对唱的形式，其中包含的谚语更体现了傣族民众从山川河流、森林、动植物等自然界中获得的经验和智慧。因此，解码傣族谚语的文体特征和生成规则是还原《召树屯》中谚语特有的感性内容和艺术因素的前提条件。

一、傣族谚语的说理性

傣族谚语采用通俗易懂且简洁明快的语言来阐明深刻的道理，富于知识性、劝诫性和哲理性，是傣族人们千百年来对特定生活现象的评价，蕴含着深厚的文化内涵。例如摩古拉在为王子召树屯卜卦时说："最好看的玉石常常有斑痕，生得最直的树容易遭受风吹雨淋。"这则谚语说明事物都是一分为二的，往往有向其对立面转化的可能性。在原始热带雨林和盛产玉石矿藏的地域环境里，傣族民众通过对自然界的观察得出了这一朴实哲学思想。摩古拉借此告诫召树屯，即便再高贵的王子也有和平民一样的身心体验，这也预言了召树屯的寻爱之途注定充满考验。

二、定型化句法结构

傣族谚语多使用双句式的定型化句法结构。《召树屯》中的谚语大都上下呼应，音节数的构成基本对等，属于定型化的句法结构。如“天空中最能飞的是老鹰，地上跑得最快的是金鹿”“打鱼的不离水边，打柴的不离山边”“没有翅膀的鸟不会飞，没有鱼鳍的鱼不会游泳”等。

生活经历和居住环境对傣族人民的审美观产生了不可忽略的作用，在傣族整个文化史中都留下了深刻的烙印。这些谚语不仅表露出傣族人与自然和谐共存的生态观念，更体现了赞哈说唱的文化传统在傣族口头文学中的深刻烙印。傣族歌手赞哈通过双部句对仗结构，使源于佛典的文学故事以通俗易懂的形式进入傣族人民的日常生活之中（郑筱筠，2015）。

三、陌生化修辞手法

傣族谚语倾向于通过比喻、夸张、衬托等修辞手段和生动形象的语言来含蓄地表达傣族人民朴素的生活感悟。在《召树屯》序歌部分，诗人通过“常青的菩提树啊，每一片叶子都是有情人的心”这一比喻，揭开了召树屯与喃婼娜爱情故事的帷幕。至于诗中提到的菩提树，由于西双版纳地区受到南传上座部佛教的影响，傣族人民十分敬重菩提树，在村寨和寺庙附近大量栽种，以此乞求佛祖保佑。傣族封建领主制定的法律里甚至有“砍伐菩提树，子女罚作寺奴”的记载（李昳华，2011）。

傣族诗歌中也有视菩提树为精神信仰的谚语，如“不要抛弃父母，不要砍菩提树”。傣族诗歌中描绘的菩提树“心形”叶子形状，为召树屯的爱情故事添加了一份神圣和浪漫的感情色彩，也喻示了傣族贝叶佛学走向世俗化的文化流变。诗歌中，佛教典籍中原本的教化经文，与民族文化融合并具有了大众性和文学艺术性。傣族谚语“言此意彼”的修辞手法，延长了读者对事物以及生活真谛的感知，达到了“陌生化”的审美体验。

第二节 《召树屯》中傣族谚语的英译策略

谚语属于浓缩的哲理诗，它既有诗歌的韵律和意境，也有格言一样凝练、简约的文风。故此，对谚语翻译来说，它既有译谚之严，更兼译诗之难（李耀宗，1995：79）。采用异化、对等、文化补偿等翻译策略，能够最大限度地还原《召树屯》中傣族谚语的文化内涵，缩小文化距离，让目标语读者了解其本身所带有的语言和文化魅力。

一、文化意象的异化翻译策略

作为集中展示少数民族风土人情的谚语，是向世界集中展示和传播少数民族优秀文化和独特魅力的样品。翻译并非简单的源语言与目的语置换，在本质上是一种跨文化交际活动。因此，对于具有浓郁民族风情的傣族谚语，可首先采用异化的翻译策略，即尽最大的可能来传递傣族传统文化的重要表征，以实现抵御目的语文化价值观占主导地位的文化功能（Venuti，2004）。在《召树屯》中的谚语翻译过程中，译者首先应充分了解其隐含的文化信息，忠实地传递出源语言的文化内涵。

例 1：没有弦的玎弹不出声音

看不见的雷声却总是跟着闪电

译文 1：

Without its string a “Ding” cannot make a sound,

The hidden thunder always comes after the lightning.

（吴相如、吴炯，2018：71）

译文 2：

The “Ding” could produce no music with a lost string.

The unseen thunder follows tightly after the lightning.

（郝会肖，2018：33）

译文3：

An “urhheen” without string cannot give out sound,

But the invisible thunder always follows the lightning.

（陈兰芳，2020：61）

“玎”为琴，又称傣玎或玎西，形似二胡，音色柔和，常为民歌或说唱伴奏（王秀萍，2013）。玎琴是傣族青年恋爱期间常弹奏的乐器，在傣族素有爱情乐器之誉。对于傣族乐器“玎”这个文化意象，译文1和译文2根据乐器的傣语发音“Ding”进行了拼音转码，将傣族文化的独特性如实地展示给目的语读者。译文3则采用了近似的文化意象置换方式“urhheen”（二胡）来指示乐器“傣玎”。然而，从乐器外观和演奏方式上，二者还是存在一定的差异。此外，译文2通过押尾韵，再现了原傣语版赞哈调韵文体说唱文学的特点。在结构上，译句工整，增强了诗的节奏性与音韵感，可以引起读者的共鸣和对傣族谚语文学性的认知。傣族谚语新奇的表达习惯能使读者感受到他者文化的异国情调。尤其是在源语言与目的语有较大文化差异的前提下，异化的翻译策略能够再现源语言中的文化和修辞色彩。

二、文化因素的功能对等翻译

翻译谚语不能只注意语言形式的中转，还需注重语言内蕴的转换。要让文化信息实现有效对外传播，达到交际目的，需要满足大众传播要素，以实现传播目的。在翻译各民族谚语时应从受众角度出发，用异化方式时加注释，翻译出让受众接受的、对等的译本，否则可能会导致读者困惑。译者应从读者的角度，在跨文化交际中采用源语言与目的语的文化信息对等的译介方式。美国翻译家尤金·奈达把功能对等理论归结为注重目的语读者实现阅读效果与原文效果最接近的对等。因而，翻译实践的中心问题在于寻找对等语，翻译理论的中心任务就是确定对等语的性质和条件（谭载喜，1991：250）。

对于《召树屯》中的谚语英译，一方面译文要达到释义上的对等，即要符合译入语读者的认知语境，通过对词义作适当调整以达到表意层面上的动态对等；另一方面译文要达到风格上的对等，在形式上切合原谚语简洁的文风以及定型化的句法结构。

例 2：鱼啊，只有在水里才能生存。

译文 1：

A Fish cannot live without water.

（吴相如、吴炯，2018：49）

译文 2：

Without water，fish couldn't swim far.

（郝会肖，2018：33）

译文 3：

Fish，ah，they can only survive in the water.

（陈兰芳，2020：41）

例 3：大树倒了会惊散鸟群。

译文 1：

A falling tree will scatter a flock of birds.

（吴相如、吴炯，2018：71）

译文 2：

The crack of tree scares birds in nest.

（郝会肖，2018：33）

译文 3：

The big tree fell and can startle the bird.

（陈兰芳，2020：61）

例 4：爬上树去捉鱼

下到水里捞月亮

译文 1：

It's like catching a fish on a tree，

Or getting the moon in the water.

（吴相如、吴炯，2018：27）

译文 2：

Fish on the tree，or catch the moon；
Your dream will draw a blank.

（郝会肖，2018：33）

译文 3：

Your dream is as silly as the idea of climbing a tree to catch fish,
Or going down to the lake to fetch the moon.

（陈兰芳，2020：23）

例 5：没有翅膀的鸟不会飞
没有鱼鳍的鱼不会游泳

译文 1：

A bird cannot fly without wings,
A fish could not swim without fins.

（吴相如、吴炯，2018：35）

译文 2：

Birds cannot fly with the broken wings;
Fish swims no more if wounded.

（郝会肖，2018：33）

译文 3：

Birds without wings cannot fly,
Fish without fins cannot swim.

（陈兰芳，2020：29）

例 6：倒了的松树还有根
枯了的青草还会再生

译文 1：

The fallen pine still has roots,

The withered grass will grow.

（吴相如、吴炯，2018：87）

译文2：

The falling pine tree still has its root.

The dry grass revives shortly.

（郝会肖，2018：33）

译文3：

The falling pine tree still has its roots，

The withered grass will regenerate.

（陈兰芳，2020：73）

例7：初一不杀生

十五不害命

译文1：

No killing on the first day，

Nor on the fifteenth day.

（吴相如、吴炯，2018：127）

译文2：

When the New Moon rises，spare one’s life；

When the Full Moon falls，be kind.

（郝会肖，2018：33）

译文3：

No killing on the first day of a month，

No harming on the fifteenth.

（陈兰芳，2020：107）

上例谚语多数能在英语中找到对等或相近的表达形式：“No more than a fish loves water.（William Shakespeare）” “Once a tree falls，the monkeys on it will scatter.” “Fishing for the moon in the water.” 等，并且这些英文谚语早已深入人

心，与傣族谚语在说理性的目的、喻体选择与修辞手法上达到了高层次的对等。

这种对等性反映了中西方谚语的共通性，二者都通过生活中的细节来揭示某一普遍真理，指导人民的行为，启迪人民的思想。故译文在词语和句式选择上，尽量采用与已有谚语形式、功能对等的翻译方式，既可保留原单句或者双句式的句型结构，又能忠实地传达原谚语的语义，让读者产生与原文效果相同的联想，做出与原文读者相同的情感反应。

例7“初一不杀生，十五不害命”源于佛教敬畏生命的经文要义。佛教列举的诸罪业中，杀罪为重，救生第一。佛教认为“所修善业：能不触犯十恶，即为十善，自身正念守护戒律即是善业。若在上师、和尚面前受行者，尤有大利。从开始在初一、十五不杀生，后至每日不杀生，其他戒亦如此”（吴玉天，1996）。佛教理论和实践中蕴含的尊重生命的伦理原则，对傣族人民的道德观念有较深的影响，表现在《召树屯》中，是巨鸟“婼哈里林”中的雄鸟劝告雌鸟，饶恕藏在它翅膀下的召树屯的性命，帮助他跨越海洋，飞往喃婼娜的家乡。傣历中的初一、十五是傣族人按照月相周期排定的历法，“上半月第一天称为月出一日，月中望日称为登柄”（郑莹、余宗宽，1993）。对应的译句用“New Moon”“Full Moon”指代月初和月中，帮助目标语读者了解傣族用阴历划分时间周期的文化习俗，并在功能上避免文化冲突，跨越文化鸿沟，实现翻译的文化交流与信息传递的目的。

三、注释性的文化补偿翻译

谚语有着独特的语法生产形式和民族文化色彩，采取完全异化或对等的方式难免会在一定程度上造成文化信息的省略或缺失。而要忠实完整地传递出傣族谚语中隐含的民族文化信息，注释性翻译这种辅助手段是必不可少的。作为文化补偿措施，注释性翻译可以最大限度地保留傣族谚语中的物质文化的特色。

例8：情人不会吐掉嘴里的槟榔。

译文1：

A lover wouldn’t spit areca nuts out at will.

Note：It was an old tradition of the Dai people. When the young man and woman fell in love with each other, they'd entertain his/her partner with this areca nut. They believed that the lovers who ate areca nut would not change their mind, so they would have an eternal love.

（吴相如、吴炯，2018：35）

译文 2：

Couples always kept their betel-nut.

Note：Sending and chewing the betel-nut play an important part in courtship. When the two fall in love, they chew it together to show a unity and eternity of love.

（郝会肖，2018：33）

译文 3：

Lovers won't spit areca nuts in their mouth.

Note：Areca nut is the seed of the betel palm. In southeastern Asia, people chew it with the leaves of the betel pepper and lime as a digestive stimulant and as a narcotic. When Dai young people fall in love, they often entertain each other with areca nuts, and it is believed that doing so can help them remain faithful to each other.

（陈兰芳，2020：31）

在傣族习俗中，一方一旦选中了心上人，就要向对方嘴里塞槟榔以表示定情。因此诗中的“槟榔”有着丰富的文化民俗内涵，并非是一般意义上的咀嚼嗜好品。Lucien Miller（1994）认为“betel-nut chewing”（嚼槟榔）属于我国少数民族的饮食习惯。因而，简单的直译无法表达出背后隐藏的文化习俗，三个译本都同时通过加注方式补充了槟榔在傣族里象征爱情的信物这一文化意义，将其表层含义和深层含义完整地展现给读者。

例 9：想吃鱼的翡翠鸟总是蹲在水边
蝙蝠一看见佛寺就绕着飞转

译文 1：

The hunger black-capped kingfisher always stood near the water.
On seeing a temple, a bat would circle around.

Note: Once upon a time, there was a monk who was driven out of a temple, homeless. And then, as he missed the temple, he turned into a bat and circle around each temple.

（吴相如、吴炯，2018：21）

译文 2：

To catch fish, the halcyon always holds its claw;

The bat swirled around the temple to grant his awe.

Note: According to Dai folklore, a homeless monk has transformed to a bat flying around the top of the temple after being driven away by the tribe chief.

（郝会肖，2018：33）

译文 3：

Halcyons that love fish always squat by the waterside;

Bats on seeing a Buddhist temple fly around it.

Note: "Bats on seeing a Buddhist temple fly around it" is a saying of the Dai People. It's said that a monk was driven away from the Buddhist temple and became homeless. However, he was nostalgic about the temple, so he became a bat always flying around the temple.

（陈兰芳，2020：17）

在水边等待捕鱼的"翡翠鸟"，以及围绕着佛寺飞转的"蝙蝠"等意象，充满了傣族的自然风光和人文景观。"蝙蝠绕寺飞"是傣族谚语，据传有一个和尚被头人赶出佛寺，无家可归，由于他怀念佛寺，后来化为一只蝙蝠绕寺而飞。译文 2 通过拟人修辞格"grant his awe"（找寻以往的尊严），以及注解来指涉这个民间谚语的典故。同时，"awe"（敬畏）与"claw"（爪子）形成尾韵。整体上，三种译文都契合了傣族谚语来源生活、寓意深刻的多元化文化特征。译文 2 则更注重音韵。三种译文的文外注释翻译方式虽有悖于谚语"语言精练"的文体特征，但这种翻译方式倾向于优先考虑源语文化，可以起到向国外读者推介少数民族文化的积极作用。

结　语

傣族诗歌典籍中极具民族文化表征的谚语丰富了中华民族的文学艺术宝库。谚语负载着大量的文化信息，突出了民族诗歌浓郁的浪漫主义气息并反映着民族社会和文化形态。谚语流传时，负载的文化信息随之传递，文化信息传递的有效与否影响着少数民族文化对外传播的效果。为解决民族典籍中谚语的对外传播问题，应加大建设民族典籍中的谚语挖掘、整理、研究、翻译和英汉平行语料库的力度。2008 年 6 月《召树屯》被列入第二批国家级非物质文化遗产名录，彰显了这部傣族叙事长诗独特的文学魅力及其在民族文化传承中的重要作用。《召树屯》中的傣族谚语翻译要结合时代语境，跨越文化距离，发掘傣族文化的历史精神，为我国民族典籍翻译和对外传播探索出一条可行性路径。

第六章 《召树屯》三个英译本的比较研究

从1958年翻译家戴乃迭的英文编译本，到2018年和2020年国内出版的两个英文全译本，国家繁荣少数民族文化的文化政策为民族诗歌典籍《召树屯》的对外传播注入了源头活水，为推动民族诗歌经典进入世界文学版图起到了积极的推动作用。这部傣族非物质文化遗产俨然已成为向世界展示我国“多元一体”的民族结构，让国外普通民众认知我国繁荣发展少数民族文化事业的民族政策的一个样本。本章将傣族诗歌典籍《召树屯》翻译置于历史语境中，以戴乃迭（1958）、吴相如等（2018）、陈兰芳（2020）的三个英译本之比较来探究译本的时代特征、文体特征以及翻译家文化建构的翻译精神。通过译本之间的互参，来揭示不同历史文化语境下民族典籍翻译思想和翻译原则的嬗变。

第一节 译本的历史文化特征

一、翻译目的

英籍翻译家戴乃迭（Gladys Yang）是英国牛津大学的首位中文学士，她与先生杨宪益定居到中国后共同投身于中国文学的翻译事业。1953年开始担任北京外文出版社翻译部专家，通过译介并重的编译方式，在民族诗歌典籍翻译领域成果迭出、影响深远。1957年，出版了彝族撒尼人叙事长诗《阿诗玛》的英文全译本，1958年出版了傣族叙事长诗《孔雀公主》的编译本，这两本英译本开启了新中国成立后的少数民族诗歌典籍译介活动的新篇章。1961 年，外文出版社连环画版《召树屯与楠木婼娜》英文编译本在内容、翻译和插画等方面都进行了精心编排，在保证译文的可读性和流通性的同时，通过传递我国多民族和多样性文化的历史叙事来传承傣族的传统文化。同时，外文出版社还充分利用多语种翻译的优势，解决了原译本语种相对单一的问题，取得了不错的传播效果，对于“中国少数民族文学走出去”有着积极的启示意义。

近几年来，国内学者开始关注少数民族文学典籍的多元文化特色，译介活动也日益增多。云南作为多民族地区也陆续启动了少数民族文字翻译整理项目，一些经书典籍被采用少数民族文字、国际音标注音、汉语直译、意译等多语对照方式进行出版。然而，云南地区研究和译介的规模较其他民族聚集区还有很大差距，与其在民族文学史上的地位还不相称，在对外传播中也一直处于失语和边缘化的困境。2018 年，云南人民出版社出版的“云南少数民族经典作品英译文库”系列图书，对云南丰富的少数民族典籍等非物质文化遗产进行了有益的研究和传承。这些少数民族典籍的发掘、整理、翻译和研究为少数民族文学的发展做出了卓越贡献，在传播中国文化、文学和文明的过程当中起到了重要的推动作用。

“云南少数民族经典作品英译文库”（后简称“文库”）获得了国家民委和国家出版基金项目资助。“文库”的出版是针对当前少数民族典籍在对外传播中边缘化的现状，跨越文化距离，讲好民族故事，探寻少数民族典籍对外传播的一个有效途径。“文库”由云南师范大学李昌银教授主编，美国外教包琼（Joan Cecile Boulerice）译校。第一批选译了 10 部云南少数民族文学中的传世之作，包括白族神话《白国因由》、傣族叙事长诗《召树屯》、苗族叙事长诗《金笛》、纳西族祭祀经诗《古歌》、彝族说唱史诗《梅葛》、彝族创世史诗《查姆》、普米族创世史诗《帕米查哩》、哈尼族创世史诗《十二奴局》、普米族英雄古歌《支萨・甲布》和景颇族创世史诗《目瑙斋瓦》等。此外，“文库”第二批也得到了国家出版基金项目资助，将对阿昌族史诗《遮帕麻和遮米麻》、傣族英雄史诗《厘俸》、傣族叙事爱情诗《娥并与桑洛》、德昂族古歌《达古达楞格莱标》、拉祜族创世史诗《牡帕密帕》以及纳西族英雄史诗《黑白之战》《创世纪》等另外 7 部具有很高历史意义和文学价值的典籍进行英译。

2020年，中南民族大学外语学院教师陈兰芳英译的《召树屯》属于“中国南方民间文学典籍英译丛书”系列，由H. W. Lan审校。民族诗歌典籍是传承少数民族文化资源和价值观念的重要载体，因此中南民族大学还将民族典籍翻译融入MTI人才培养环节中，翻译实践报告《傣族民间叙事长诗〈召树屯〉的英译报告》(2017) 即是提升民族类高校学生的人文素养和文化译介能力的成果。中南民族大学作为民族类高校积极发挥了学科优势，聚焦少数民族优秀文化，服务民族文化对外传播。

二、译本的文体风格

在译本的文体风格层面，戴乃迭（1958）散文体编译本最大的特色是语言的微观和细节层面以及独特的女性关怀。语言简洁优美，故事结构完整，保留了诗歌中的说唱特点和浓厚的傣族文化意象。戴乃迭尽量隐匿译者的主体性，对译本不加序跋和注释等副文本。编译本中大量保留了原诗的对话性等说唱文学特点，例如在王子召树屯和孔雀公主初见的时候，召树屯表达了自己的倾慕之情：

> “A precious stone needs the cunning hand of a craftsman.
> O maiden, why are you not wearing the ring of some loved one?”
> “What, I, a mere pebble in the wilderness!
> Who would deceive himself into thinking it a jewel!”
>
> （Yang，1958：21）

两人之间对唱式的问答，比喻生动形象，反映了傣族民间说唱的文学特点。将傣族叙事长诗中用比喻、夸张、对比、形容、烘托等文学手法及个性化语言来抒情叙事、写景喻人，塑造人物形象的艺术特征进行了还原（刘佳云，2019：248）。

在叙事主题方面，戴乃迭注重对少数民族女性形象的刻画。无论是彝族的阿诗玛还是傣族的孔雀姑娘，戴乃迭在译本选择和文本操控层面都对原诗的女性主题和女性角色进行了凸显（付文慧，2011：16）。在《孔雀姑娘》的编译本中，在歌颂王子战胜归来时，宫廷奏起了音乐，共唱赞歌：

Sweet is the juice of the coconut!
Strong the shell that guards it!
We people of Mengbanjia live happily,
With Zhaoshutun the Hero as our protector.

(Yang, 1958: 21)

唱词揭示了人民对保障国土安全，维护人民利益及民族尊严的民族英雄的推崇。然而，王子召树屯谦卑地说："The honor belongs to the beautiful Nanmarouna. It was her strategy that defeated the enemy."戴乃迭间接地表达了女性对英雄宏伟事业的辅助性作用，彰显了女性对家庭、社会和国家的贡献。此外，戴乃迭还直接用"glittering diamond""soft, musical voice""fresh flower""jewel""shine through the land""wise Nanmarouna""fairy Nandiuwala"等词汇拓展出傣族女性的美丽和智慧。

在编译本的最后，戴乃迭写道："Nanmarouna's peacock dance, now a symbol of peace and happiness, became famous throughout the land of the Dais and is danced to this very day."(Yang, 1958: 43)，对这部傣族叙事长诗的艺术价值进行了构建。从装帧设计来看，编译本中具有浓重民族色彩的插画有极强的叙述性。插画的融入降低了翻译中的文化损失，帮助转换和保存了文化元素，渲染了傣族诗歌中的原生态形式和美感，以视觉模态的形式"翻译"了典籍中的语言文化信息。

云南人民出版社出版的"云南少数民族经典作品英译文库"译丛对我国少数民族特有的人文地理和民族风情进行了集中展现，构成了研究少数民族语言和文化词汇的一个宝贵的双语语料库，对少数民族典籍数字化保护与开发，以及民族典籍翻译教材研发和人才培养都起到了一定的辐射和带动作用。这套译丛更重视民族典籍翻译理论在实践上的适用性，对云南特有的少数民族叙事诗、史诗和神话传说等典籍进行了符合时代语境的翻译，对民族典籍翻译理论体系建设也提供了一个有益的补充。民族典籍翻译专家李正栓教授在丛书的序言中说道："这部文库依托了云南丰富的少数民族典籍资源，首次将云南少数民族经典作品成系列对外进行了译介。"尽管《召树屯》等现存简译本已为云南少数民族文化传播提供了一定的受众，但其最具影响力的叙事诗版还未有单行译本，而这套译丛的出版则在《召树屯》的译介史中具有划时代的意义。

在文化功能上，《召树屯》的翻译融合了傣族谚语、赞哈音乐、民族服饰、婚俗典章等文化表征，传递了傣族人民“亲仁善邻、爱好和平”的民族形象，在更广阔的话语体系中提升了我国少数民族的形象和认同。译者重视非文字因素的影响，注重文本结构在各个语义层面的还原，把翻译的文化适应和受众的意义空间等作为翻译研究的重心，最大限度地展现了民族典籍互文和隐喻的符际特征，对提升我国少数民族文化的国际传播效果起着重要的推动作用。首先，在文体风格上，译文直观地展现了云南少数民族诗歌简洁的语言特点和基本文体结构，读者也能从中感受到民族诗歌语言和叙事的美感。其次，文外加注是为了补充民族典籍的民族志信息，为国外学者能较深入地了解傣族的民风民俗、吟唱文化等提供了丰富的文献资料。

陈兰芳的英译版本同样采取“汉—英”双语对照的翻译和出版模式，为推动少数民族文学典籍国际传播，让世界共享少数民族非物质文化遗产，促进我国少数民族语言文化资源的开放和保护，提升少数民族典籍在对外文化交流中的民族形象和民族自信，进行了建设性的探索。在翻译过程中，译者采用了异化、对等、文化补偿等翻译策略。异化、对等是为了最大限度地还原《召树屯》的文化内涵，文化补偿的目的在于解决文学翻译中的文化缺省问题。因而，直译加注来说明傣族的历史文化知识，补偿翻译中的文化缺省内容是这个译本的主要特征。尽管《召树屯》的翻译相比新中国成立初期有了进一步发展，多种英译版本陆续在国内出版，但是相应的英译研究还未受到足够关注，“傣—汉—英”三语对照的版本还未出版。因而，《召树屯》的翻译传播需要进一步融入民族学、傣族语言文化研究领域的专家力量，同时争取在国外出版，以拓展这部诗歌典籍的域外传播和接受空间。

三、翻译家文化建构的翻译精神

翻译家作为翻译实践的主体、跨文化交流的先驱、人类文化遗产优秀的传播者，是翻译史研究的重要构成元素。安东尼·皮姆（Anthony Pym）（2007）认为翻译史的主要研究对象并非是译本或者译本的语言特征，或者译本相关的各种背景因素，而是译者本身。只有译者才负有对社会因果的责任，因此翻译史应围绕译者生活和工作的语境展开，同时还不能忽略译者的多重身份这一关键问题。

建构翻译的精神世界，注重译者的能动性、自主性和创造性，把译者看作能够主动地作用于他人和自我内心精神世界的人，能够更好地拓展译者研究的维度与空间，了解翻译的本体特征，思考在何种状态下翻译家能够让读者获得与原文读者一样的情感体验，满足自我的精神需要。因而，从《召树屯》不同时代的翻译行为出发，能够更好地认知译者的时代使命和文化精神，树立民族典籍翻译家同样是民族文化建构者的意识。

首先，戴乃迭的民族典籍翻译和编译实践是一种具有开创性和倡导文化多元的翻译精神，对丰富我国的文学系统，促进中西文化交流，以及对我国民族典籍翻译理论发展和标准的讨论均功不可没。在20世纪50年代戴乃迭作为一个充满热情的文化传播的友好使者，理应被历史识记和研究者重视，她的“中国文学翻译要更富有创造性，在一定程度上改写原文，以适应读者，让中国文化走出去”（杨宪益，2011：4）的译学理念以及开创性的民族诗歌典籍翻译精神亟待更多的学者去探讨。

中华民族的振兴和共同发展为翻译家提供了给养，他们又反过来肩负起时代的使命，自觉在西方文化译介、中华民族优秀文化对外传播方面辛勤耕耘。当前，云南籍翻译家以及民族高校的专家学者正在民族文化传承上发挥着主体能动性，对我国各少数民族丰富的文献典籍进行整理、翻译和阐释工作，让世界对我国各少数民族的发展历史、文化、艺术的源流、风俗人情等各方面都有了更好的认知。李昌银教授、张立玉教授带领团队完成了包括《召树屯》在内的多部南方少数民族典籍的英译工作，出版了“云南少数民族经典作品英译文库”“中国南方民间文学典籍英译丛书”等系列丛书，还有更多年轻学者以“民族典籍翻译”课题的形式来开展民族文化的研究和对外传播，共同继承了先辈“开拓创新、传承历史”的翻译精神，传递了译者的文化使命。

第二节 《召树屯》三个英译本中的民族文化传译

民族文化让傣族诗歌典籍《召树屯》充满了异域性（foreignness），同时也为译者忠实地再现诗歌中的文化基因带来了一定的挑战。人类学家 Edward Taylor（1871）把文化定义为“一个复杂的综合体，包括知识、信仰、艺术、道德、法律、风俗，以及人类在社会里所得的一切能力和习惯”。民族文化作为中华文化的组成部分，包括各民族在历史发展过程中创造和发展起来的具有民族特点的文化，包括饮食、服饰等物质内容和语言、习俗、节日等精神内容。因而，译者要具有目的语文化和源语文化的双重文化或者多重文化意识，尊重和表现文化差异。

关于文化的范畴，英国翻译理论家 Peter Newmark（1988）从物质文化和意识形态两大方面将文化细分为生态文化（ecology），物质文化（material culture），社会文化（social culture），组织、习俗和信仰文化（organizations, customs and ideas）和非言语交际文化（gestures and habits）五个类别。对于文化特指项（Culture Specific Items）的翻译，他进一步提出可综合采用以下翻译策略：直译、转换拼写（包括标音与音译）、中立词、文化等值、功能对等、描述对等、同义词、彻底翻译、换位、调整、删减、补偿、缩减和扩张、复述、成分分析、公认翻译和标记翻译等（Newmark，1988：81－93）。Yowell 和 Mutfan（1999）认为翻译就是一种文化产品，让人们体验了不同文化、不同社会和不同文明的样式。这些对文化的定义、分类和翻译策略，对民族诗歌典籍翻译具有较强的现实指导性。

一部民族典籍作品，一定程度上就是该民族的文化“百科全书”（李敏杰、朱薇，2019：6）。傣族叙事诗《召树屯》不只是一曲个体的爱情赞歌，更是少数民族群体智慧、社会生活和民俗文化的重要体现。因而，通过对比不同译本中的文化意象的传译，进一步探究重构傣族叙事诗的民族特性和文化特性的译介策略，再现傣族独特的边疆地域特征和民族生态景观，有助于丰富中华文化对外传播的话语体系，让少数民族文学走进世界读者心中，成为世界文学的一个重要组成部分。

一、生态文化

傣族生态文化包含着“天人合一”的观点，主要包括人与自然的和谐相处，以及人对自然的征服与适应等。傣族崇尚自然，在开发利用自然的过程中，怀着对自然的敬仰之心（刘荣昆，2011：173）。表6－1至表6－3则具体从傣族聚集地的地域特征、生态环境、动物、植物等，来探讨傣族生态文化英译的内涵和对生物多样性的保护和启发意义。

表6－1　《召树屯》中的植物意象英译

<table>
<tr><th>原　文</th><th>Gladys Yang　译</th><th>吴相如等　译</th><th>陈兰芳　译</th></tr>
<tr><td>菩提树</td><td rowspan="11">a land of perennial green, overflowed with fruits, large tree, fresh flowers, fertile fields, thick forests</td><td>the pipal tree</td><td>bodhi tree</td></tr>
<tr><td>金莲</td><td>golden lotuses</td><td>golden lotus</td></tr>
<tr><td>海棠</td><td>malus spectabilis</td><td>begonias</td></tr>
<tr><td>槟榔</td><td>areca nut</td><td>areca nuts</td></tr>
<tr><td>粉团花</td><td>pink flower</td><td>hydrangea flower</td></tr>
<tr><td>含羞草</td><td>mimosa</td><td>Mimosa</td></tr>
<tr><td>芭蕉</td><td>banana tree</td><td>banana tree</td></tr>
<tr><td>腊（蜡）梅花</td><td>winter-sweet flower</td><td>plum bud</td></tr>
<tr><td>青松</td><td>pine tree</td><td>evergreen pines</td></tr>
<tr><td>黄金果树</td><td>golden fruit tree</td><td>golden fruit tree</td></tr>
<tr><td>洛金坎</td><td>luojinkan</td><td>luojinkan</td></tr>
</table>

表6－2　《召树屯》中的动物意象英译

原　文	Gladys Yang　译	吴相如等　译	陈兰芳　译
老鹰	eagle	king of birds	eagle
金鹿	tawny deer	golden deer	golden stag
婼托朗	huge birds	night bird	Otoran
麂子	roe	muntjac	muntiacus
蟒	huge python	python	python

表 6－3　《召树屯》中的自然意象英译

原　文	Gladys Yang　译	吴相如等　译	陈兰芳　译
热辣辣的太阳	gliding through the azure sky	scorching sun	scorching sun
彩霞	many-colored clouds	rosy cloud	flamboyant cloud
平坦的坝子	vast open space	flatland	flatland
玉石	glittering diamonds	jade	jade

戴译本通过“森林”“彩云”“鲜花”“四季常青”“一木成林”“果树种类繁多”等简洁易懂的词汇描述勾勒出傣族位于西双版纳的热带湿润气候的地理特征。在翻译过程中充分与原诗中的生态环境建立了“田野关系”，真实地重构了民族典籍的生态语境。吴译本和陈译本则通过转换拼写（如 luojinkan）、描述等值（如 pink flower，king of birds，night bird），以及成分分析（如对动物、植物学名的科普式考究）的翻译策略，展现了傣族居住的西双版纳的生物多样性，以及其“植物王国”和“动物王国”的美誉。

二、物质文化

物质文化是指傣族世世代代流传下来的极其丰富的生活方式等，主要表现在傣族人民日常的吃穿住行，例如建筑文化、服饰文化、饮食文化、交通方式和医药文化等方面。它真实地反映了傣族人民漫长岁月的生活图景和传统的心理状态（何少林、白云，2012：31）。

表 6－4　《召树屯》中的物质文化意象英译

原　文	Gladys Yang　译	吴相如等　译	陈兰芳　译
骑着大象	mounted an elephant	rode on elephants	travelled by riding elephants
喘息的马	the panting horse	horses dashed up the road	the panting horse
竹棚	shed of bamboo	bamboo shed	bamboo shed
金簪	golden hairpins	gold clasp	golden hairpin
金手镯	golden bracelet	gold bracelet	golden bracelet

续 表

原 文	Gladys Yang 译	吴相如等 译	陈兰芳 译
摆开酒席	ordered a feast	gave a feast	laid out a feast
灵药	ointment	elixirs	panacea

傣族生活的坝子土地宽阔、森林密布，马和大象成为傣族人民的主要交通工具。12世纪前后“召勐骑象，头人骑马，坝子里的来往人群都骑着大象”① 已成为傣族地区的一大风景。在《召树屯》的第七章中，尤其提到“喘息的马儿，扬起了灰尘，穿过田野，他们来到了城边”。在第六章中，召树屯对孔雀公主一见钟情，在相互诉说衷肠后，召树屯“轻轻拉起喃婼娜”，带她来到了自己的家乡勐板加。显然，相爱的两人应是共骑一匹骏马，故戴译本和陈译本皆为单数“the panting horse”，而非指召树屯率领的马队。

此外，如表6－4所示，金簪、金手镯、酒席等展示了傣族女性爱美的衣着习惯和傣族人民热情好客的习俗。“灵药”指的是一种“药膏”，因为召树屯把它搽到脚底然后踩着巨蟒的身体才得以过河。因而，戴译的“ointment”更为贴切。“elixirs”（圣水、灵丹妙药）指的是“sweetened hydro-alcoholic（water and alcohol）liquids for oral use”②。巴拿西（Panacea）是医神阿斯克勒庇俄斯之女，被认为是一切疾病的治疗者，“万应药”一词就来源于她的名字（霍丽丽，2017：98）。只有“ointment”的文化意象揭示了傣族医药的悠久历史和传奇色彩，以及对人体的物质结构、精神现象和生理现象之间辩证统一的认知文化内涵，故而诗中用超现实主义的手法写道：“第一种药能够起死回生，第二种药能够解除疲倦。”

三、社会文化

社会文化表现为古代傣族人民的生产习俗和主要的娱乐方式等，凝结了古代傣族人民传统的生产智慧和生活哲学。傣族平静的生活方式，傣族人民多情善

① 云南省民族事务委员会．傣族文化大观［M］．昆明：云南民族出版社，2013.

② https：//www. britannica. com/science/elixir－pharmacology.

良、热爱和平的性格的形成，也成为产生与其性格相适应的傣族音乐与长篇叙事诗的温床（施咏，2018：271）。

表6－5　《召树屯》中的社会文化意象英译

原　文	Gladys Yang　译	吴相如等　译	陈兰芳　译
翻开历书	poring over the almanac	opened an almanac	opened the almanac
弩箭	bow and arrows	arrow	bolt
金锅	golden jars	gold pot	gold pot
披上孔雀的羽毛	peacock cloak	peacock feathers	peacock feathers
象脚鼓、铓锣一起敲响	beating of gongs and drums	the sound of footed drums and gongs	Xiangjiaogu and gongs were playing

弩箭的使用反映了渔猎生活是傣族的传统生产方式。历书则是傣族先民们通过认识自然形成的朴素唯物主义观的体现，至今仍在民间使用，用来指导自己的生产和生活。取水是傣族女性的日常工作，用“木桶、金锅等容器从居住的地方到河边去打水”（王松，2014：202）。傣族人民还能歌善舞，用音乐来抒发内心的情感和见证生活中的一些重大事件。象脚鼓、铓锣是少数民族特有的打击乐器，孔雀舞更是广泛流传在傣族民间的表演性舞蹈艺术，是傣族艺术形象的一个重要符号。对这些进行忠实对等的翻译能激活读者的民族想象，建构和传播可以共通的民族美学（如表6－5所示）。

四、社会结构、习俗和信仰文化

傣族的社会结构、习俗和信仰文化等表现在国家、社会、家庭组织架构，多元的礼仪、节日习俗、文化规约、宗教信仰等方面，在傣族文化意象中占有重要的地位，反映了傣族人民的伦理道德观念和精神追求。

表6-6 《召树屯》中的社会结构、习俗和信仰文化意象英译

原　文	Gladys Yang　译	吴相如等　译	陈兰芳　译
皇后玛茜娜	Queen Machienna	Queen Maxina	Queen Maxina
国王	the king	the King	the king
王子召树屯	Zhaoshutun	Zhao Shutun	Zhao Shutun
头人	Headman	tribe chiefs	Headmen
摩古拉	the fortune-teller	Mogula	Mogula
神龙	magic dragon	dragon	magic dragon
妖气	evil spirit	evil	evil spirit
龙日	The Sacrifice Day	Day of the Dragon	the dragon day
叭拉纳西	the hermit Palaxi	Bala'naxi	Balanaxi
老鹰落在屋顶上	an eagle alighted on the roof of her palace	an eagle landing on the rooftop	an eagle landed on the roof of her house
响起三声大炮	the cannons boomed three times	the guns thundered out a salute	the palace cannons sounded three times
向边界出发	left his homeland for the border	walked through the forests	set out to the border
暗箭	secret arrow	hidden arrows	hidden arrows

傣族大部分地区既普遍信仰佛教，同时也有原始宗教的图腾崇拜，“既拜佛又祭神”（赵瑛，2014：106），有着多元信仰和生活方式。在社会结构和信仰群体中，既有和尚也有民间巫师的文化身份标志。这种信仰不仅帮助傣族人民保护了原始的生态环境，也让他们保持乐善好施、助人为乐的道德准则。“向边界出发”则传递了傣族人民热爱家乡、保卫家乡的民族情感和英雄主义信仰，因此戴译本为“离开家乡，卫国戍边”（left his homeland for the border），突出了傣族人民的家国情怀，以及傣族人民居住在祖国边界的地理位置和环境特点。关于“龙”的意象，戴译本和陈译本都用了“magic dragon”，对西方思维定式中的“dragon”（恶龙）进行了标记性翻译，用“神奇的力量”（magic）来修饰“龙”，建构了中国龙积极的文化意象（如表6-6所示）。

五、副语言习俗文化

除语言文字外，少数民族也有自己的非言语交际形式，如身体语言、行为习惯等副语言习俗文化。这种非言语交际形式同时也传递了文化信息。翻译不仅要忠实原文的表层结构，在文化的深层结构上也要通过文外加注的副文本形式还原，否则会导致文化失真。

表 6-7 《召树屯》中的副语言习俗文化意象英译

原 文	Gladys Yang 译	吴相如等 译	陈兰芳 译
嘴里的槟榔	betel in his mouth	not spit areca nut out	areca nuts in their mouth
水！水！水！	everyone buzzing with excitement	Shui! Shui! Shui!	Water! Water! Water!
合掌	cupping her hands	put palms together	put palms together
头髻偏朝一边	not be pleased	wear a bun to one side	wear their hair on one side

如表 6-7 所示，“嘴里的槟榔”“合掌”和表现欢呼声的拟声词“水！水！水”等都充满了文化内涵，反映了傣族人民对爱情的忠贞观、尊崇礼节的视觉效果和抒发喜悦之情的听觉效果。合掌礼，又称合十礼，即“place the palms together with fingers pointing upward, a position found also in Hindu and Buddhist piety”（Johns, 2005: 3769），作为傣族人民之间表达祝愿的礼节形式，与传统的拱手礼（cupped hands ritual）还是有区别的。戴乃迭对中西文化都有深厚的理解，能根据具体语境来进行归化以适应译入语读者的认知能力，让作品更容易被接受。作为《召树屯》最早的编译本，戴译本为傣族文化的对外传播起到了关键作用。但最新出版的全译本也对傣族的文化意象进行了百科全书式的传译。本民族人的翻译更具中国特色，必定会在民族典籍翻译历史长河中占有一席之地。因为，“外国人再怎样精熟中国的文献，他的体会，他的语感，他的理解，总不如中国人那样深刻和细腻”①。

① 构筑文化长城，弘扬民族精神［N］. 人民日报，2005-09-08（9）.

第七章　民族典籍翻译与铸牢中华民族共同体意识

以铸牢中华民族共同体意识为主线，不断巩固各民族大团结，厚植对中华民族的认同感是一项根本性、战略性任务。在我国的历史典籍中，有大量关于不同历史时期各民族交往交流交融的记载。在中国特色社会主义新时代铸牢中华民族共同体意识，就要通过深入研究，生动地反映各民族交往交流交融的历史（郑大华，2019：9）。

中华民族在五千多年的发展中形成了以爱国主义为核心的团结统一、爱好和平、勤劳勇敢、自强不息的伟大民族精神。应该说，在中国典籍中对这种民族精神作了最全面、最翔实的总结[①]。因而，民族典籍翻译就是贯彻国家铸牢中华民族共同体意识这一民族政策主线，传承和弘扬具有中国特色、中国风格、中国气派的民族文化遗产的具体实践。对傣族诗歌典籍《召树屯》进行英语译介和研究，就是重构民族典籍中“多元”存在的经济、文化、社会客观事实，凸显民族典籍中的“爱国主义、崇尚团结和睦邻友好”等的“一体”观念和民族精神，就是打造“一带一路”文化新名片，向世界揭示中华各民族共同的心理认同，凝练和传递各民族共享的中华文化符号和中华民族形象的必要途径。

第一节　民族诗歌典籍的翻译思想

诗歌翻译力求形神兼备，是一种理想化状态，但译诗，应该而且可以，形似

① 构筑文化长城，弘扬民族精神［N］．人民日报，2005－09－08（9）．

而后神似（江枫，1990：15）。艺术品之所以不同于人类其他任何生产成品，是因为其具有能够满足人类审美需要的素质。没有形式便没有艺术美，诗歌也不可能脱离其艺术形式而存在。之所以说诗是不可译的，正是在强调它对特定形式的依存和不可分割性。

一、《召树屯》译介中的诗学思想

迄今为止，各国家和民族的诗人、翻译家等都创作了许许多多所谓“不可译”的诗。外文出版社在《召树屯》1961 年的编译本中就大量地以诗体的形式对典籍中的民族特性进行了呈现：

天空中最能飞的是老鹰	The eagle is the fastest on the wing,
地上跑得最快的是金鹿	And the tawny deer is the fleetest of foot,
孩子的名字啊	So let the child be called Chaoshutun,
应该叫做召树屯	Which means firm and brave.

（外文出版社，1961：1）

那一天无风无云	That day when there was neither wind nor cloud,
蓝空里飞来七只孔雀	At last, gliding through the azure sky,
她们轻轻地落在湖边	Seven peacocks gently alighted
又像花一样飘落到水面	On the sparking water of lake, like flowers adrift.

（外文出版社，1961：8）

美丽的姑娘啊	My dear girl,
我像一只粗野的狼	My name is Chaoshutun.
我像无礼的暴君	Though I appear as wild as a wolf,
我的心啊，像金鹿一样善良	I harbor no malice in my heart.

（外文出版社，1961：12）

椰子树没有他英俊	The cocoanut palm is not as handsome as you,
十五的月亮比不上他的眼睛	The stars are no match for your eyes.
哪里来的小伙子呀	Where have you come from, young man?
菠萝的滋味也比不上他的歌声	Even the pineapple is not as sweet as your song.

（外文出版社，1961：16）

去啊，不要说时间长	Go, as the sunflower always faces the sun,
椰子要十年才会结果	My heart will be forever by your side
葵花总是向着太阳	When you return triumphant
你一定会得胜	Which I do not doubt
欢乐的日子会像青松一样	Our days together will be as evergreen as the pine.

（外文出版社，1961：21）

她又向勐板加告别	As spreading her wings, she flew away.
但是她的头依旧不断回转	But she soon returned and circled round and round.
仿佛她掉落了东西	It seemed as though she had dropped her jade pendants,
仿佛她忘记了金簪	Or lost her golden hairpins.

（外文出版社，1961：26）

外文出版社的编译本以节译和诗歌的形式对“召树屯的出生—与孔雀公主的相遇—战争—离别—磨砺—团聚”的叙事母题进行了重构，把召树屯王子的心地善良、孔雀公主喃婼娜的优雅姿态，以及傣族女性“为大家舍小家”的爱国热忱这种中华民族品格塑造得形象生动，以诗歌独特的召唤结构激发起读者情感上的共鸣和移情。译文基本采取了逐字逐行的对译，保存了原诗文体结构及“老鹰”“金鹿”“金簪”“青松”等文化意象。用词简洁有力，韵式而又不过分拘泥，将傣族人民内敛的性格特征作了形象地侧描。译者不仅在形式与风格上达到了与原诗的最佳近似度，更对一些抽象的文化概念进行了具体化和形象化的翻译转换。

二、民族典籍英译思想探微

中国具有悠久的文化传统和深厚的文化资源，这是我们建设具有中国特色文化产业的巨大能量①。首先，在文化对外传播的过程中，翻译质量的高低将直接影响中国文化的形象。国内民族典籍研究学者王宏印、李宁、汪榕培、邢力、王治国、李明、李正栓和罗选民等从文化人类学、民族志诗学、生态伦理、文化外交的多元理论视角等方面探索了民族典籍翻译的原则，认为民族典籍翻译是一个二度翻译过程（从民文到汉语，从语内到语际），因此极富挑战性，揭示其背后的影响力、文化价值，促进中华文化符号在西方的传播应该是民族典籍翻译的主要出发点。其次，构建民族典籍翻译学术共同体，出版社、民族志学者、翻译家、国家社科基金管理部门、理论界等形成合力，服务国家发展大局需要，通过民族典籍翻译与研究来实现弘扬东方文化的翻译目的。

我国民族典籍翻译事业的开拓者们，从理论和实践上构建了民族典籍研究和传播多元共生、色彩斑斓的文化图景。王宏印的“民族诗歌典籍的时代性与传统的对立统一”翻译思想（王宏印、荣立宇，2013），汪榕培的“比读是重译的基础，重译是比读的升华”（黄中习，2021）的中国典籍英译思想，以及李正栓的“译随境变”（黄信，2021）的民族诗歌典籍英译思想，都值得我们去借鉴和研究。民族典籍翻译应致力于构筑中国特色的民族典籍翻译理论，在翻译中绘制少数民族文化生态景观，推动民族文学在与世界文学舞台的不断对话和交流中获得新生命力，为本土文化经验的世界性开辟一条新路。

① 文化产品呼唤“中国制造”[N]. 人民日报海外版，2005－12－23.

第二节　《召树屯》英译中的中华民族共同体意识构建

傣族叙事长诗《召树屯》以西双版纳等傣族聚集地区的山川风物为题材，对傣族多样性的民俗形态进行了书写，具有表现民情的现实主义风格和崇尚理想追求的浪漫主义特色。诗歌中对傣族的语言环境、价值取向、饮食习惯和服饰特点等的详细描述，堪称是反映傣族人民生活史与文化史的活化石，其特有的文学审美价值、文化价值和文献学价值构成了中华民族悠久历史上一幅绚丽的民俗画卷。

一、《召树屯》英译与民族文化记忆

翻译并非是简单地把一个文化的能指转化为另一个文化的所指的过程，更是一种文化行为，一项建构社会和民族价值观的社会活动。美国语言学家 James Martin（2009）从语言、文化和意识形态的关系出发，提出从语言的每一个层面到意识形态都是一个符号系统的观点，对我们从宏观的语篇结构角度建构适用于民族典籍翻译理论和实践的语境模型提供了启发。

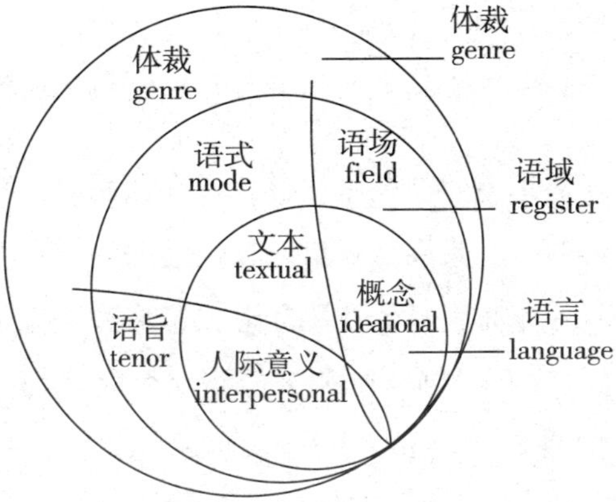

图 7－1　语言、语域和体裁之间的元功能关系

Martin 认为语言包括语音层面（phonology）、词汇语法层面（lexico-grammar）和语篇语义（discourse semantics）三个层面；语场（field）、语式

（mode）和语旨（tenor）则构成了语域（register）的三个社会变量。体裁是通过语言和语域来实现的，文化则是由一系列的体裁系统（systems of genres）组成的（如图 7－1 所示）。因而文化翻译就是在语言、语域和体裁等微观和宏观层面的忠实对等，选择适当的语言和文体风格、得体性的语域来传承少数民族的文化记忆，呈现中华民族共同体的价值观念和思想意识。

二、《召树屯》英译与民族文化认同

美国文学社会学研究专家 John Guillory（2010）则提出诗歌等文学作品具有媒介性，能够构筑和连结一个社会的关系和现实。他建构了如下的“文学符号具有传介社会总体的功能”（the canon as a social form）模型：

个体作品］传记著述］体裁］话语］媒介］社会语境］社会总体

individual work］biographical oeuvre］genre］discourse］medium］social context］social totality

根据这个模型，傣族叙事长诗《召树屯》中的民族文化认同功能则可叙述如下：

《召树屯》］傣族］叙事诗］民族文学］口头程式、多媒介融合］傣族历史和文化遗产］中华民族文化软实力与民族文化认同

翻译作为中华民族文化传介的关键途径，具有让民族典籍走出文本语境和促进民族文化认同的重要功能。傣族诗歌典籍在传播的语境中可以激发傣族人民的无限想象和心理认同。一方面，翻译在民族形象塑造和文化传承的过程中起到了有力的推动作用。例如，《召树屯》中关于傣族女性服饰和穿戴习俗的描述无处不在，譬如公主喃婼娜身穿“孔雀衣”（peacock gown），佩戴“金簪”（gold hairpin）、“金手镯”（gold bracelet）以及“玉石戒指”（jade ring）等，都折射出傣族女性热爱生活、精致典雅的审美情趣。另一方面，翻译在对傣族诗歌语言层面信息进行还原的同时，在语境层面对其所在的社会文化也做出了较为充分的补充。

从微观人际交往（召树屯向孔雀公主求爱）到群体规范过程（婚俗、泼水礼）以及交流形式的价值（例如傣族“崇尚和平、以善为美”的民族形象），《召树屯》提供的文本和形象，扩展到制度形式和规范、社会表现和社会形象，以及涉及经济（傣族生产、生活方式）、政治（傣族古国的社会结构）、意识形态（信仰、习俗）的决定作用，“这一切都可以追溯到它的文化作用和意义”（culture plays a decisive role）（Wills，2004：xix）。文化不仅是承载社会关系的符号系统的总和，也承担着文化表征、教育主题和塑造身份的责任。从这个角度看，傣族诗歌典籍《召树屯》的译介，不仅传承了傣族的传统文化，更加深了傣族人民对自身优秀民族文化的认知，提升了傣族人民的民族文化认同和民族自信力。

在全球互联互通的新媒介语境下，推动少数民族文化“走出去”，向世界展示中华文化的核心价值和时代精神，应是民族学家和翻译家共同肩负起的一项重任。傣族人民居住在云南边疆地区，在“一带一路”建设中起着重要作用。傣族诗歌典籍《召树屯》的多模态翻译和传播不仅能让世界共享民族文化遗产，更有助于维护民族团结，增强民族文化认同。《召树屯》的跨学科和多模态翻译和研究视角，为构建和阐释傣族人民“亲仁善邻、乐群爱寨、民族和睦、和谐共生”的民族形象和传统道德内涵，以及“讲好中国故事，传播好中国声音”提供了一个新的切入点。

第三节　让民族典籍以积极和年轻的姿态走向世界

针对少数民族诗歌典籍翻译所面临的问题，从宏观上来说，国家和地方政府有必要推动有利于少数民族文化发展的政策体系的建设，关注少数民族文化的内在弱势和外部挑战，在财政投入、课题立项上适度倾斜，以激励少数民族地区的广大学者投身于民族典籍的译介和研究。近些年来，为保护和传承少数民族文化遗产，国家社科基金加大了对西部地区的扶持力度，并于2004年设立“西部项目”专项，大大推动了民族典籍的翻译与传播研究。2019年，国家级非物质文化遗产项目《召树屯与喃木诺娜》暨“赞哈演唱”传承培训班在西双版纳勐海县开展，有利于进一步将这一傣族优秀爱情赞美诗的唱本和技艺承袭下来。因此，首先要抓住这些宝贵契机，积极参与课题申报和田野调查等，以研究、实践和教育等带动我国少数民族文化的繁荣发展。此外，还要从译者本身、文本选择和译介途径等多方着手，构建多模态的译介和传播模式。

一、增强民族文化的认同，提升传承和发扬民族文化的自觉

在全球文化互相激荡和交融的过程中，文化自觉意识是民族文化走向世界，迎接全球化挑战的必然要求。译者是翻译活动的主体，少数民族诗歌典籍译文的匮乏与国内译者缺乏文化自觉有着直接的关系。现存的一些译本几乎都是由早期生活在境内的外国传教士或者文人翻译完成的，亟须国内译者参与进来。因此，国内学者应树立文化自觉意识，主动担起将优秀民族文化典籍推向世界的重任，提高自身语言与文学素养，积极投身于民族典籍翻译事业。

二、加强翻译人才队伍建设，培养民族典籍翻译后备力量

我国少数民族丰富的诗歌典籍的对外推介需要大量高素质的翻译人才和统一的规划。首先要整合分散的翻译人才，建立专家库或成立民族典籍翻译研究中心。此外，由于民族典籍翻译的跨学科特征，还要尽量吸引学界多领域的专家共同参与。以壮族《布洛陀史诗》（壮汉英对照）为例，这部译作由广西百色学院韩家权教授率领壮学、文艺学、翻译学专家合力完成，在2013年荣获中国民间文艺最高奖——“山花奖”。它的成功为其他民族诗歌典籍的翻译指明了方向，期待更多的民族志学者参与进来，在未来有《召树屯》傣—汉—英三语对照的版本问世。其次民族典籍翻译是一项需要大力推进的系统工程，培养合格的本土民族典籍译者迫在眉睫。民族地区或者民族高校可以利用区域资源优势，逐步、有计划地探索少数民族典籍翻译方向培养方案，为少数民族文化的对外传播奠定人才基础。

三、扩大选材范围，以非遗名录为切入点

综观少数民族诗歌典籍翻译历史，译者的选材大多集中于个别民族或单部诗歌经典，仍还有大量的诗歌典籍未被译介。以云南为例，根据国务院、文化和旅

游部公布的五批国家级非物质文化遗产名录统计，云南共有 17 项民间文学入选，其中诗歌典籍就多达 13 部，这些诗歌典籍多数还是未被开垦的处女地。因此，少数民族诗歌典籍翻译应扩大选材范围，以非遗名录为切入，传承和开发更多的濒危的少数民族诗歌遗产。

四、传统与现代媒介结合，拓宽对外传播渠道

少数民族诗歌典籍的译介应加强与国内外出版机构的合作，同时依托现代科技手段。随着数字图书馆、移动阅读终端的普及，数字出版已成为文化传播的新兴平台，也是文化传播的关键领域。以上海译文出版社为例，2012 年该出版社在苹果软件商城首发了 60 部由国内一流翻译家翻译的外国文学名著供中文读者下载阅读，部分内容还可免费体验。在未来，少数民族诗歌典籍翻译可以有效地利用这种线上传播模式，把优秀的少数民族诗歌推送到更广阔的天地。

同时还要加强国内外学术交流和宣传，搭建民族典籍研究和传播的平台。2004 年，《阿诗玛》国际学术研讨会在云南召开，吸引了美、德、日、韩等 10 国专家的参与。这个跨文化的学术交流使以《阿诗玛》为代表的彝族文化再次成为各国学者关注的焦点。2012 年，广西民族大学召开了首届全国民族典籍翻译研讨会，提出了民族典籍翻译事业发展的方向和趋势，并催生了大量科研项目和研究成果。对此，云南少数民族诗歌典籍的翻译与研究应总结经验和不足，积极开创新的局面。

结　语

民族典籍翻译为英语世界的读者提供了一个多样化的阅读体验，更是为少数民族文化在国际上的传播提供了一个良好的开端。傣族诗歌典籍《召树屯》的多模态翻译和研究展现了民族传统诗歌的艺术活力，同时推动了民族文学走向世界文坛。随着语料库语言学、计量学、传播学、数字人文等在民族典籍翻译学科研究中的交叉融合，民族典籍翻译迎来了繁荣发展的新机遇。因此，注重民族典籍翻译史的整理和文化价值的发掘，展开民族典籍英译实践，传承和发扬少数民族优秀的文化遗产是一项伟大的事业，功在当代，利在千秋。

在西方文化把控全球话语权的后殖民语境下，民族艺术所承载的功能远超艺术本身，更是民族身份建构、国家认同凝聚、国家形象塑造和全球多元文化生态重塑的重要手段和路径（杜晓杰，2019：99），而翻译则是通向这一伟大目标的重要路径。在《召树屯》的最后傣族人民都为“王子召树屯”和“公主喃婼娜”献上了美好的祝福，预示着其对国泰民安的幸福生活的憧憬。戴乃迭翻译道：“Zhaoshutun and Nanmarouna lived long and happily together. May your days be sweeter than the pineapple of Mengtungpan!”（Yang，1958：43），戴乃迭的英译寄托了其对人类命运共同体的关怀。愿世界再没有纷争和离别，在共建“一带一路”中共享友好与和平的果实。

实践篇

傣族叙事诗《召树屯》
Prince Zhao Shutun: An Ancient Dai Ballad

任佳佳 郝会肖 英译
Translated into English
By Ren Jiajia & Hao Huixiao

岩叠 陈贵培 刘绮 王松 整理和汉译
Edited and Translated into Chinese
By Ai Die, Chen Guipei, Liu Qi, and Wang Song

[英] 艾伦 · 詹金斯 英文审读
Polished by Alan Jenkins

[美] 马克 · 本德尔 译文序
Foreword by Mark Bender

A Translation of a Classic Epic of the Dai People

The story of *Prince Zhao Shutong* is named after an ancient prince of the Dai people of Xishuangbanna in southern Yunnan province. After an omen in a dream, while hunting one day he surprised seven peacocks in a lake, which had descended from the sky to bathe. Struck by the beauty of one peacock, Zhao Shutong snatched her feathered cloak and enticed Nam Rouna with his singing, thus beginning a circuitous love story between a mortal prince and a shape-shifting maiden who transformed from a bird, in a version of a common story motif in world folk literature.

The long narrative poem came to the notice of scholars in China during the 1950s, when the government sponsored large-scale projects to document the oral literature of China's ethnic minority peoples. The Dai (Tai Lue) are one of the largest ethnic groups in southwest China who have ancient cultural relations with Tai-speaking groups in Southeast Asia and a rich history of oral and written literature. The story of Zhao Shutong was narrated orally by folksingers called "*chang khap*" in a style influenced by reciting stories in the Buddhist sutras. As part of the great collecting project, a team of collectors and editors (which included Ai Die, Chen Guipei, Liu Qi, and Wang Song) carefully melded nine versions of the story in oral and written formats into a "master text", which was translated into Chinese to gain a national audience. The Chinese language version, originally published in 1958, was first republished in 1979 (with some revisions and additional annotations), appearing in several subsequent editions. Beginning with *The Peacock Princess* (*Kongque Gongzhu*) created by Shanghai Animation Film Studio in 1963, film and digital versions have also appeared. Today, the epic stands as a monument to the verbal art traditions of the Dai people of Yunnan province.

Like many long narrative poems from southwest China, *Prince Zhao Shutong* features sumptuous images of traditional culture. Imagery of garments and jewelry, foodways, architecture, folk medicine practices, musical instruments, weapons, customs (such as tying the hands of the bride and groom with red thread), and farm, hunting, and household tools, appear frequently in the poem. There are numerous instances of folklore, such as beliefs in dragons, phoenixes, giant birds, magical numbers and weapons, and tests of skill, as well as details about local climate, geography, and plants and animals, such as flowers, betelnut and coconut trees, peacocks, tigers, elephants, and muntjac deer. These references are often in the form of proverbs. Theravada Buddhist iconography and lore appear frequently in the poem, reflecting the importance of the religion in traditional Dai society. Thus, besides serving as a vehicle for telling a compelling story, the poem is a reservoir of local traditions now made available to international audiences.

The English translation by Ren Jiajia and Hao Huixiao, is based on the Chinese translation, which was cast in free verse. This English version is rendered in stanzas somewhat like what Gerard Manley Hopkins called "sprung" verse. Gladys Yang used a similar style in the translation of *Ashima*, a classic translation of ethnic minority literature about a heroine of the Sani people of the Stone Forest area of Yunnan province published in 1981. Although many translations of epics from Southwest China have appeared since the 1980s—and several dozen only in the last few years—most of these translations have been rendered in free verse, which has its advantages in the act of translation, especially in sticking close to original styles of expression. Like *Ashima*, this version of *Prince Zhao Shutong* in its English rendering, illustrates how challenging verse forms in one culture can be adapted via translation into other languages and cultures today. This innovative English translation joins other versions of the story in film and digital media to offer the story of Zhao Shutong and Nam Rouna to audiences worldwide.

Mark Bender

Professor of Chinese Literature and Folklore

Chair, Department of East Asian Languages and Literatures

The Ohio State University

第一章 诗人的歌

Chapter One The Poet's Song

太阳从树林里伸出头	Beyond the forest the sun rises,
呆呆地望着我写这个故事	Where lies a tale twice-told.
公鸡也朝我展开翅膀	The rooster wings for the sunlight,
我的故事正在金色的天空中飞翔	My tale too gleams like gold.
美丽的故事像一片艳丽的彩霞	True love is like the rosy clouds;
纯洁的爱情就像并蒂开放的鲜花	Twin lotus on one stalk.
真心相爱的青年人啊	Dear young friends, hope you will favor
请把这份礼物收下	The gift of this long talk.
我要用最诚实的心	Ready to put on my full devotion
描下他们的欢乐和痛苦	The journey of weal and woes.
让我的歌啊	Let this verse full of jade jewelry
像一棵绿莹莹的菩提树	As a Bodhi tree① grows.

① The Bodhi tree is treated as the sacred tree of Buddhism under which the saint Sakyamuni has achieved "the ultimate wisdom". This type of tree is commonly planted by Dai ethnic people by pagodas to show their Buddhist worship.

请四面八方飞来的鸟群	The Night Heron[①] sings her soft sounds
都停下翅膀	Upon the Bodhi's broad crown
请会唱的鹅托朗	Amongst the parliament of fowls flying
绕着菩提树歌唱	Above the valley and town.
从远方来的客人	Travellers crowd to the noise in haste
带来他们的歌声	With rhythms made by hands.
使各村各寨来的男女	Night draws village folks together
带来他们的爱情	To wake up the lonely lands.
常青的菩提树啊	Heart-shaped are the Bodhi's leaves,
每一片叶子都是有情人的心	Magically they never fall.
那蒙蒙的大雾啊	Through countless days of fog and rain
它夜夜来滋润	The tree grows large and tall.

① Nightingale is not the only bird that sings at night. Night Heron also produces "whoo-ooh" sounds to attract the male birds. Large colonies have been reported from Yunnan province.

第二章　王子召树屯

Chapter Two　Prince Zhao Shutun

在古老的勐板加地方	In a remote kingdom called Mengbanjia①
住着皇后玛茜娜	Resided Queen Maxina.
她梦见老鹰落在屋顶上	She dreamt an eagle on the roof, and bore
过了十个月，生下了一个男孩	A prince after ten months.
为了孩子的命运	The King sent for the divine Morgula②
国王请来了摩古拉	To foretell a happy fate.
摩古拉翻开了历书	Of a scripture with forty-six beasts
在四十六个格子里寻找幸福	He said the words firm and straight,
“天空中最能飞的是老鹰	“The noblest eagle flies at sky's height,
地上跑得最快的是金鹿	Speed gives the golden deer fame.
孩子的名字啊	Be a warrior and win the fight,
应该叫做召树屯	Zhao Shutun matches his name.

① Mengbanjia is a legendary kingdom where Prince Zhao Shutun lives. In Dai language it means “forestry area”.

② In the Dai folklore, Morgula is an authoritative fortune teller among the Dai group.

“最好看的玉石常常有斑痕	“The purest gem is hard to find,
生得最直的树容易遭受风吹雨淋	Straight tree the prey of rain.
幸福的王子	Our dear majestic prince is doomed
他会遭到爱情的折腾”	To suffer from love's pain.”
十六年的幼苗长成树	Shoots had grown up in sixteen years,
十六年的召树屯长成英俊的青年	The prince was strong and heroic.
他的容貌像熔金般闪光	His face was bright as melting gold;
他的心肠像麂子般善良	And his heart was kind as a muntjac①.
他像一条神龙	The Dragon dwelled in his royal blood,
在勐板加地方造下湖水	The Lake was made by his power.
勐板加的百姓	In Mengbanjia his folks were blessed
就像开在湖里的金莲。	Like lotuses in the river.
英俊的召树屯	Riding his horse to the forest,
常常骑着马带着弩箭	He carried with him his bolt,
在森林里追逐金鹿	Chasing golden deer and seeing
在高空中射落飞雁	The wild geese as prey.
他也按照风俗	He held the faith for the Buddha,
领着百姓赕佛	And guided people by his grace.
祈求“灭巴拉”	He begged “Miebala”② to bring him
给勐板加带来风调雨顺	A fertile land with peace.

① Muntjac is a kind of red deer. As Dai ancestors live in the forests, muntjacs and birds have always been treated as their inseparable partners.

② In southwest China each village has its own local god of rain, and people worship these gods in praying-for-rain rituals to save the drought. Miebala is a specific god of rain for the Dai.

第三章　勐董板有七个姑娘

Chapter Three　Seven Sisters Lived in Mengdongban

离勐板加很远很远	A long way from Mengbanjia
在那云雾缥缈之间	Close to mists and rivers,
有一个奇妙的地方	The Kingdom of Mengdongban was
它的名字叫勐董板	Well-known as a world of wonders.
勐董板是个好地方	Flowers stretched out in Mengdongban,
遍地开鲜花	Flocks were fed on the hills,
满山是牛羊	Shepherds rode on the elephants,
来往的人都骑着大象	Across the mountain sides.
勐董板的国王叫做“叭团”	“Batuan”① rested in his royal seat.
他有七个一般大小的姑娘	He had seven daughters
她们像七只飞雁	Appearing as the flying geese
披上孔雀的羽毛	With a peacock's feathers.
就能在天空飞翔	

---

① Batuan literally means a monstrous-like being. Here refers to the king of peacock land.

七个公主啊 七朵海棠 花中有花王 最鲜艳的花朵 要算喃婼娜——第七个姑娘	Seven sisters were Malus buds, Amidst which Nam Ruona Was the youngest and the prettiest, As noble as Queen Flora.
密密丛丛的树林里 有一个镜子般的金湖碧波荡漾 美丽的凤凰在那里栖息 多情的金鹿在望着水中的情郎	In the thick forest the lake glowed Like a golden mirror, Where lived the phoenix and reflections flowed the shadow of golden deer.
湖边有一座古寺 古寺里住着一个叭拉纳西 他像蜜蜂一样日夜念经 古寺里的钟声悠悠扬扬	An ancient temple was not far away. Banāras[①] would recite The scripture with the bee's devotion. The bells tolled day and night.
每隔七天 七个美丽的姑娘飞到湖边 每隔七天 湖边的花都为她们开放	Every seven days seven nymphs Flew to the golden lake. Every seven days flowers All blossomed on the bank.
雀鸟悄悄飞来偷看 只见千万层白花花的水浪中 七朵鲜花一晃一晃	They danced with the waves and breezes; Larks peeped at them from far away. Full as a bed of fresh roses, They cheered the joy of day.

① Banāras is a spiritual pilgrimage city on the sacred Ganges River in north India. The Buddha preach near Banāras in the Anandavana (the forest of Bliss), and deities have always been worshipped there. Gradually the belief is brought from there to region of Xishuangbanna Dai Autonomous Prefecture in China by Buddhist monks. Here Banāras generally refers to a Buddhist monk who preaches sermons in the forestry area (Swearer, 1995: 130).

第四章　猎　人

Chapter Four　The Deer-Hunter

从竹林中跑出一个猎人	A man rode from the bamboo forest,
骑着马拿着弩箭	With a crossbow in hand.
他追逐着一只金鹿	He was chasing a golden deer
从树林里追到湖边	To the edge of woodland.
他忽然站在岸旁	Suddenly he stopped like an ox
就像拴牛的木桩	Reigned by a noose of rope.
金鹿从他脚上奔过	There was no sign of him seeing
他也没有看见	The deer running to the slope.
想吃鱼的翡翠鸟总是蹲在水边	To catch fish, the halcyon clearly knew
蝙蝠一看见佛寺就绕着飞转	He should always hold his claw,
年轻的猎人啊	Around the temple the bat① swirled to find
他的眼睛就像两颗明珠	A seat to grant his awe.
沉落在湖水中间	The young hunter stared at the lake
	Unwilling to depart.
	His eyes were like two brightest pearls
	Falling on the lake's heart.

---

① According to Dai folklore, a homeless monk has transformed to a bat flying around the top of the temple after being driven away by the tribe chief.

落日把他的影子送到水面	The sunset made his shadow long,
惊动了七朵浮莲	Seven lotuses sighted the foe.
好像麻雀看见了老鹰	They cloaked the feather in a rush
她们披起羽毛飞向远方	Like scared sparrows they must go.
湖水又恢复了平静	The lake was calm and the sparrows
鸟雀也飞回森林	Had been back from the hill.
只有猎人啊	Only the poor young hunter looked
还在呆呆望着青天	To the sky and stood still.
钟声突然把他惊醒	Soon he was awakened by the bells;
骏马呜呜嘶鸣	The horse neighed like a horn.
他揉一揉眼睛	He rubbed his eyes and rode to the temple,
便打马来到寺院	A place where he could mourn.
猎人跪在叭拉纳西的脚下	He kneeled at the feet of Banāras,
求他解开爱情的锁链	For the myths of love he knew.
“都卑龙啊	“Dubeilong①! Please tell me, is it
我不知道是在梦里	A dream or is it true?
还是真正活在人间	
“我看见湖里有七个姑娘	“I saw seven ladies in the lake
像莲花一样发出清香	With the fragrance of blooms.
金色的带子装饰在头上	They crowned the golden belts and jade
脖子上的珠宝闪烁发光	That glittered above their costumes.

① Dubeilong in Theravada Buddhism refers to the noted disciple of Buddhism and preacher of Buddhism.

“可是，她们已经飞向天堂	“They were the beautiful angels,
美丽的天使啊	Who rose up to the sky
像彩虹使我眼晕	As a gorgeous rainbow and eagles
像老鹰叨去了我的心脏”	Pecking on the heart of mine.”
叭拉纳西问他是哪里来的猎人	Where was he from asked Banāras,
他说他是勐板加的小王子	“Mengbanjia”, he replied. He claimed
刚生下来的时候	To be an heir of the King,
大家就叫他召树屯	And Zhao Shutun was his name.
叭拉纳西眯起了眼睛	Banāras gave him a scornful laugh,
冷冷地笑了一声	And kept silent about his grief.
召树屯哀求道：“请你不要笑我	“Please have mercy on me,” he begged,
我确确实实喜欢她们”	“My heart knows no relief.”
“青年人啊，你抬一抬头	“Stand and look up, it’s a temple.
这是佛寺，这是佛身	You should respect and pray.
你还活在人间	Since you live a secular life,
就应该遵守人的本分	You should not go astray.
“她们是天王的公主	“They are Goddesses of Heaven
她们是神仙的化身	From a place of the unknown.
世间从来就没有一条路	There is no ladder to reach them,
通到那个地方	All your efforts are in vain.

“丢了你的梦想	“Forget it, for the wings of ‘Kinnaree’
你不是‘锦那丽’	Or ‘Kinnara’① you lack.
你也没有‘锦那暖’的翅膀	Fish on the tree, or catch the moon,
就好像爬上树去捉鱼	Your dream will draw a blank.”
就好像下到水里捞月亮”	
猎人懊恼地拜别了叭拉纳西	The hunter bid farewell to him,
像白天的猫头鹰飞出树林	Like an owl in daytime.
他牵着马又来到金波荡漾的湖旁	Back to the lake, he struck the waves
用手轻轻拨起浪花	Hoping his luck would come.
水波中又闪现出七朵红花	
树影在水中晃动	Shortly seven red flowers showed
七个姑娘对他微笑	In the shadow of the trees.
慢慢朝他游浮	Like a school of red fish, they smiled
啊，那是红色的鱼在水中游弋	And swam towards him with ease.
那是月亮和星星在湖中的光影	The lake mirrored the stars and moon,
那是银河流向金湖	As a gilded Milky Way.
那是神龙带领着虾兵蟹将	Followed by crab and shrimp soldiers,
在他的湖中巡行	The Dragon patrolled far away.

① According to Jataka tales, the Kinnara and the Kinnaree are fairies and are shown as going in pairs noted for mutual love and devotion. (The Kinnara is the male counterpart of the Kinnaree, the half-man half-bird being.) Extending from their shoulder blades are broad wings that could hoist it higher than clouds.

“神龙啊，你是我的好朋友	“The great Dragon, my faithful friend,
我曾经救过你的生命	I've saved you from the threat①.
如今我遇到困难	Now I have a great trouble,
你能不能给我帮助”	Will you pay me the debt?”
神龙浮出水面	Floating out of the lake, the Dragon
张开嘴哈哈大笑	Greeted him and laughed aloud,
“我的朋友呀	“What good wind brings you here,
什么风把你刮到这里	My friend? You look like a dark cloud.
“是病魔纠缠着你	“Were you caught by the devil of ill,
还是有人来攻打勐板加?	Or hit by the rival?
你是我的救命恩人	You made my life anew, and I will
我一定为你效命”	Serve for your revival.”
猎人诉出了心中的苦恼	The hunter shared his trouble in mind.
神龙又是一阵爽朗的大笑	The dragon grinned again,
接着就把七个姑娘的秘密	Then he confessed all his secrets
对召树屯讲了	To save the Prince from the pain.

① In Dai legend, it is said that Zhao Shutun by chance saved the life of dragon from the eagle's threat when he was hunting near the golden lake.

第五章 告 别

Chapter Five Farewell, Nam Ruona!

召树屯按照神龙的话	Following the words of the Dragon,
用长刀砍了许多竹子	He made a bamboo shelter
在大树上搭起了竹棚	On the tree with cane knife and waited
他就躲在那里等候	For them to come over.
过了一天又一天	The moon washed her face seven times,
月亮在湖里洗了七次脸	By the lake Zhao Shutun stared.
凤凰飞来饮了七次水	The phoenix drank water seven times,
召树屯在湖边等了七天七夜	Day and night Zhao Shutun waited.
那一天无风无云	Seven peacocks arrived one fine day,
蓝空里飞来七只孔雀	Flying through the sky of blue.
她们轻轻地落在湖边	Swiftly they landed and floated
又像花一样飘落到水面	As flowers of radiant hue.
笑声泛起波纹	Their smile stirred the wrinkle of the lake,
花朵飘向湖心	Making the flowers sway.
召树屯悄悄爬到湖岸	Zhao Shutun crawled gently and took
拿走了喃婼娜的孔雀衣	Nam Ruona's wings away.

召树屯回到了竹棚	He retreated to his shelter again,
便放声歌唱	And sang the cheerful tunes.
七个姑娘慌忙回到岸上	Hurriedly they got their garments,
喃婼娜不见了衣裳	But Nam Ruona lost her wings.
没有翅膀的鸟不会飞	Birds can't fly with broken wings,
没有鱼鳍的鱼不会游水	Fish swim no more if wounded.
没有衣裳的喃婼娜	Nam Ruona had to stay and wait
无法向天空追她的姐妹	Helplessly on the ground.
歌声越来越近	She could clearly hear the song that
喃婼娜慌忙躲进花丛	Was so close and enchanted.
喃婼娜的手啊	She rushed into a crowd of flowers,
被谁轻轻地牵动	Wherein her hand was hunted.
六只孔雀在空中徘徊	Seeing their sister in the trap,
她们看见猎人拉住了妹妹	They cried with great remorse,
像有六支箭射进她们的心中	As their hearts were shot by six arrows,
像有六把刀砍在她们的身上	And split by six axes.
十二只翅膀	With the flapping of a dozen wings,
一齐扑向猎人	They swirled and headed together
六个姐姐的头	Towards Zhao Shutun to prevent
一齐冲向召树屯	Harm and save their sister.

情人不会吐掉嘴里的槟榔	Couples always kept their betel-nut①;
姑娘不会轻易拔下头上的金簪	Girls loved the gold hairpin.
召树屯不愿放走心爱的喃婼娜	Zhao Shuntun wouldn't free his prey;
六个姐姐的眼泪	The six's tears poured like rain.
雨滴般洒在湖上	
"再见啊，可怜的喃婼娜	"Dear Nam Ruona, farewell to you!
我们向你告别了	How rude and cruel he is!
要是以前我们做错了什么事	Had we done something wrong, forgive us,
妹妹啊，请你原谅我们	But now we have to flee.
"当我们飞下来的时候	"Through the way to the Golden Lake,
我们总是把你围在中间	We guard you and fly around.
现在你竟被猎人捉去	Your destiny might have been ordained
这一切都是命中注定	As you landed on the ground.
"我们赶回去告诉爹妈	"We will tell it to our parents,
阿妈会很伤心	After we get back to our kingdom.
阿妈会请求阿爹	Our mother will beg for our father
赶快派兵来救你"	To offer you freedom."
喃婼娜的眼睛望着天空	Nam Ruona folded her palms to pray;
眼泪遮住了姐姐们的身影	The tears had blurred her sight.
她低下头说不出话	She nodded her head for her sisters
只向姐姐们合掌	And looked at the sky upright.

① Sending and chewing the betel-nut play an important part in courtship. When the two fall in love, they chew it together to show a unity and eternity of love.

“从今以后	“It could be the last chance we meet,
我们恐怕不能相见	Since we must now depart.
请把我的话转告父母和头人	Tell our parents and those we love,
喃娔娜啊，永远想念他们”	They always live in my heart.”

第六章 爱 情

Chapter Six Falling in Love

湖水一片平静	The lake was fed by sleeping streams.
喃婼娜微微打战	Nam Ruona felt a slight tremble
就像风雨飘到她的身上	As she survived the storm and wondered
她不知道猎人将对她怎样	What her future would resemble.
召树屯轻轻脱下自己的衣裳	Gently Zhao Shutun took off his robe
把它披在喃婼娜的身上	And put it on Nam Ruona.
然后他跪在姑娘的面前	He kneeled in front of her and prayed
嘴里又轻轻歌唱	As if he had met a Buddha.
"美丽的姑娘啊	"My fair lady, please forgive me,
我像一只粗野的狼	Like a wolf I behaved,
我像无礼的暴君	And as a tyrant I caught you,
我的心啊，像金鹿一样善良	But my heart is not depraved.
"请雪白的云朵给我作证	"The white clouds could be my witness;
请微风表白我的心肠	Breeze, my message-sender.
粉团花啊	The clusters of pink flowers! I was
我只是一只平常的蜜蜂	A bee lost in your nectar.

“请你不要再用双手遮住脸	“Please remove the fear from your face,
只求你轻轻看我一眼	Open eyes and gently peep.
我知道，只要你看我一眼	As long as you can feel, you will see
你就会看清我的心房”	My love buried in the deep.”
喃婼娜依然一声不响	Nam Ruona remained unmoved, and shrank
就像含羞草被人触动	Her body like a touch-me-not.
她的眼睛啊	She gazed at him and her eyes shone
像天上的星星闪烁	Like the stars in the night.
椰子树没有他英俊	He was straight as a coconut tree,
十五的月亮比不上他的眼睛	Brighter than the full moon;
哪里来的小伙子呀	His voice was so smooth, sweeter than
菠萝的滋味	Pineapple on a spoon.
也比不上他的歌声	
召树屯恨不得拔出长刀	Zhao Shutun wished that he could tear
掏出自己的心房	His heart out by sharp sword.
他不知道该用什么办法	And he even didn't know how to make
才能表白他的爱恋与敬仰	His great admiration heard.
“多兰嘎啊	“Duolanga, God of Love! Please open
请你打开谷仓	Your barn, load seeds on a cart,
请你把爱情的种子	And plow mine in the deepest part
播在姑娘的心上”	Of Nam Ruona's tender heart.”

“姑娘啊 我不是狐狸 不会吃小鸡 我不是老虎 不会伤害人	“My lady，I am not a fox， Catching fowls on the farm. I am not a tiger，either， I won’t do you any harm.
“我是勐板加的一只丑鸭 我是猎人的一支秃箭 我是田野上看得见的鹭鸶 我的名字叫做召树屯”	“An ugly duck in Mengbanjia， An arrow without head， A heron stretching its long neck， My name is widely spread.”
喃婼娜听见这个名字 不觉吃了一惊 摩古拉曾经说过 她将嫁给一个勇敢善良的人 她的心里暗暗喜欢 恰恰遇到了心上的人	Nam Ruona was suprised and cheered For the name was once told By Morgula，Zhao Shutun was The right man to get married.
召树屯的眼睛没有离开过喃婼娜 召树屯的嘴没有停止歌声 在喃婼娜没有回答他之前 他决心一辈子歌唱不停	Zhao Shutun stared at Nam Ruona， And never ceased his song. He waited for her answer，and made A promise that was life-long.
“可爱的姑娘啊 请打开你的心扉 不管天崩地裂 鱼啊，只有在水里才能生存	“My lady，how lovely you are! Please remove your heart’s bar. Had the earth crumbled or sky fallen， Without water，fish couldn’t swim far.

“我只要每天看见你一眼	“If I can glance at you each day,
没有吃的我也心甘	I can bear the hunger.
请你这朵花开在我园里	If you can root in my garden,
让我变成浇花的水”	I will flow as water.”
母鸡听见公鸡叫唤会展开翅膀	Hens would unfold wings if being wooed.
召树屯的歌声	Zhao Shutun's song buzzed
像一只蜜蜂落在喃婼娜的心上	Like a bee landing on her heart.
她望着湖水	With shame and joy, she said,
又羞又喜地低声歌唱	
“热辣辣的太阳	“Flowers just out of buds can not
会使鲜花枯萎	Bear the heat of the sun.
你过热的爱情啊	Your passion is so fervent that
叫我的心跳荡	My breath has ceased to run.
“一棵芭蕉只结一次果	“If you want to reap more plantains,
懂得修剪花蕊的人啊	Cut and tail the tree right.
芭蕉果会愈结愈多	Melons from a single root thrive,
一棵香瓜只抽一次藤	Had you bound the vine tight.
会种香瓜的人啊	
一棵香瓜藤爬满瓜棚	
“愿你像一棵椰子树	“I hope you root firmly and grow straight
树高根深	As a coconut palm.
我会天天坐在树下	I will sit by the side of you
觉得快活凉爽”	And merrily sing a psalm.”

召树屯的两颊发烫 心里像煮开的水一样 他站起身 放声歌唱	Zhao Shutun blushed on both his cheeks, And his heart was zinging Like hot water; again he stood, And went on with his singing,
"姑娘啊 你的歌声像湖里的清水 让我洗了一次澡 姑娘啊 只有现在，我才感到 我是一个骄傲的国王	"My lady, your voice is like a clear lake, Bringing me to your sphere. Now I've known how lucky I am To be a proud king here.
"姑娘啊 你看见没有 湖边的花为我们开放 林中的鸟也为我们歌唱"	"My lady, have you ever noticed Near the lake, the flowers Were flourishing for us, and birds Were singing our happy hours."
召树屯轻轻拉起喃婼娜 一对情侣沿着湖岸 像凤凰一样漫舞低唱	Zhao Shutun held Nam Ruona's hands Gently with love and care. Along the lake they roamed and danced As phoenixes in the air.

第七章 拴线礼
Chapter Seven Tying Together

走出重重的森林	Out of the deep thick forest,
眼前是一片平坦的坝子	Zhao Shutun saw a plain.
落日赶着成群的牛羊	Sunset glittered on villages and drove
村寨在彩霞中闪亮	Herds back to their terrain.
召树屯指着坝子说	He pointed at a basin far away,
“看啊，喃婼娜	“Take a look, Nam Ruona!
这就是我们的家乡	That is the kingdom I was born,
这就是我们的勐板加地方”	And is called Mengbanjia.”
喃婼娜朝着召树屯指的方向眺望	Nam Ruona looked into the land,
一千间房子镶着金边	Thousands of golden halls
一万根栋梁雕刻了龙身	With dragons drawn on their girders,
墙上画满了花草和飞鸟	Flying birds on the walls.
喘息的马儿	The horse galloped along the road,
扬起了灰尘	Dust clouds under its feet.
穿过田野	Swiftly they came across the fields,
他们来到了城边	And arrived at a noisy street.

一阵咚咚的鼓声
召来了许多百姓
他们是来看喃婼娜
他们是来迎接召树屯

Drums sounded like rolling thunder,
Soon it was crowded with men
To welcome the fair Nam Ruona,
And their Prince Zhao Shutun.

人们都赞赏喃婼娜的美丽
“这是一朵正要开放的蜡梅花
勐板加地方
找不出这样一个美女”

They admired the beauty of Nam Ruona.
“Like a blooming Wintersweet”,
They said, “In Mengbanjia she was
The prettiest you could meet.”

召树屯把喃婼娜带回家里
头人和百姓都在议论
赶快给他们“拴线”
有的人给喃婼娜准备金伞
有的人去准备“喃菩他”圣水

At home Zhao Shutun was arranged
A “tying”① with Nam Ruona.
People sent her a golden umbrella,
And a pool of “Namputa”②.

全勐的百姓都来庆贺
他们送来了蜡条
送酒的人像一条河
村村寨寨都为他们赶猪赶羊

All the people in Mengbanjia cheered
And brought them candle strips③.
Wine merchants made a flowing stream,
And villagers presented their herds④.

---

① In the traditional Dai wedding ceremony, the read threads were tied in the hands of bride and bridegroom by the elder to endow a good luck.

② The holy water is made of seven different kinds of metal powders. Dai people believe one could be blessed if he bathes with this kind of magic water.

③ A long strip of yellow candle, an auspicious symbol in the wedding.

④ When the chef or head of a tribe holds the wedding ceremony, all villages must contribute the sheep and pigs as the gifts.

宫殿里响起三声大炮	The cannon had saluted three times,
象脚鼓、铓锣一起敲响	People swarmed into the Palace.
百姓像朝王的蜜蜂	With elephant-foot drums and gongs①
唱着、跳着涌进皇宫	They danced in the open space.
一群侍女捧着蜡条跟着喃婼娜	Nam Ruona was escorted by maids
来到大厅里便一个个跪下	And in the hall she kneeled.
召树屯燃起蜡条走到她的身边	Zhao Shutun lighted a candle strip
年老的阿爹手上拿了一根红线	And went to his beloved.
轻轻地拴在他们的手上	The old father picked up a red thread
又把蜡条吹熄	And tied it on their hands.
	He blew out the candle with a breath
	And joy was heard in all lands.
阿妈把他们扶到门边	Amah handed them out of main gate,
大象把前腿跪在他们面前	Where sat an elephant.
召树屯和喃婼娜骑上大象	Circling the village on its back,
绕着村寨游了一圈	They were noble and elegant.

① A gong is an East Asian and Southeast Asian musical percussion instrument that takes the form of a flat, circular metal disc which is hit with a mallet. The gong traces its roots back to the Bronze Age around 3500 BC. The term "gong" traces its origins in Java and scientific and archaeological research has established that Burma, China, Java and Annam were the four main gong manufacturing centers of the ancient world.

沿路都是百姓	The route was lined with people kneeling
跪在地上为他们滴水	And watering the ground① beside.
嘴里为他们祝福	The sweet praise was sent to her,
孩子们都喊着“水！水！水！”	“Nam! Nam! Nam!”②, children cried.
转眼就到了七月	All the fruit trees were flourishing
许多果树都开花了	In the glory of July.
喃婼娜和召树屯	Nam Ruona and Zhao Shutun reaped
开始收割他们的爱情	Their love without a sigh.

---

① Water for the Dai is the source of life and the embodiment of justice and truth. Dripping water on the ground during the wedding ceremony symbolizes that good fortune will befall.

② In Dai language, Nam (น้ำ) means “water” . Here the kids cheered with this word repeatedly as a way of hooray. Meantime, it refers to these children call Nam Ruona “Nam” for short.

第八章　战　争
Chapter Eight　War Arose

六个姐姐啊
像带箭的鸟儿飞回到勐董板
跌跌爬爬来到爹妈面前
她们哭泣得说不成声
把爹妈吓得心神不定

The other six sisters came back
To Mengdongban like wounded birds,
They stumbled, crawled and broke down in
Tears, and their frightened parents heard:

“爹妈啊
喃婼娜遭到了不幸
猎人把她捉去
如今生死不明”

“Dear parents, our poor Nam Ruona
Has fallen into the trap
Of a hunter, and we are unable
To save her from the hardship.”

突然来的雷鸣
叫人胆破心惊
突然来的消息
害得老妈妈昏迷不醒

A sudden storm or thunder breaks
One’s heart into fragments.
The unexpected and urgent news
Greatly shocked their parents.

六个女儿救起了老母亲
千万支箭射中了叭团的心
他一声不响
眼泪淌得泉水一样不停

The six daughters grabbed their fainting
Mother, as thousands of arrows
Shot his heart, Batuan stood dumbly
And cried for his sorrows.

喃婼娜是他们最小的姑娘	Nam Ruona was the youngest daughter,
喃婼娜是他们掌上的明珠	Shining with the bright light.
喃婼娜是他们的心肝	Nam Ruona was the most cherished one,
喃婼娜从来没有离开过他们	And never out of her parents' sight.
喃婼娜的撒娇叫爹妈喜欢	Nam Ruona was lovely and cute,
喃婼娜的声音叫爹妈温暖	Her voice as soft as the prayer.
喃婼娜是家里的一只小鸟	As a bird dwelt in the house,
只要她在家，人人都会快活	Chant heard when she was there.
老妈妈从昏死中苏醒	Their aged mother woke up again,
她的眼泪哗哗流下	Her tears were still flowing.
她的心像被撕成几片	She was broken-hearted and whimpered
她的声音像一根线的“玎”	Like the "ding"① with one string.
“可怜的喃婼娜啊	"Poor Nam Ruona, My dearest one,
不幸的姑娘	Bad luck had finally come.
你在那里受难	You might have been boiled and tortured,
哪个能够救你回家	And who can bring you home?
“晚上有哪个给你铺床	"Who makes a bed for you tonight?
哪个来代你睡在我的身旁	Who will sleep by my side?
你啊，怎么忍心丢下阿妈	How could you bear to leave your mother?
叫我怎样活下去……”	I've lost my joy and pride."

① A typical Dai musical instrument which functions as a medium for communicating love.

母亲再也哭不出声	She couldn't cry out with dried tears.
叭团猛地站起身	Suddenly Batuan stood
他击起大鼓	To beat the drum with his full strength
下令立刻出兵	And gave soldiers a command.
在勐板加地方	Nam Ruona lived with Zhao Shutun
召树屯和喃婼娜正过着好时光	In Mengbanjia for his charms.
铓锣和大鼓突然齐响	Suddenly bamboo houses were shaken
竹楼都被震得摇晃	By the sounds of gongs and drums.
灾难来到了勐板加	Misfortunes reached into Mengbanjia,
勐板加人心惶惶	People lead miserable lives.
召树屯传下命令	Zhao Shutun ordered his brave men
勇敢的人都挂上刀枪	To get their guns and knives.
骑马的来到召树屯面前	Horses were called in front of Zhao Shutun,
骑象的集中在广场	And elephants waited in the square.
他们摩拳擦掌	Like trees beaten by the heavy storm,
人啊，像被暴风吹打的树林一样	They gnashed their teeth for warfare.
召树屯穿上全副盔甲	Zhao Shutun put on his armor.
默默来到妻子面前	Quietly he went over
向喃婼娜轻轻告别	To Nam Ruona and made promises
	Before his departure.

"亲爱的喃婼娜 我们的日子刚开始 就遇到了不幸 不过，请你放心 我一定不会让你受惊	"Misfortune comes and we just start, But take it easy, my dear, There is one thing I can ensure That you won't wait in fear."
"大树倒了会惊散鸟群 灾难会伤害人的生命 我啊，不能不离开心爱的人 但是，我的心将永远在你身边	"The crack of tree scares birds in nest. Disasters wreck one's power. Though I must leave you alone, My heart is here forever."
"我知道 没有弦的玎 弹不出声音 看不见的雷声 却总是跟着闪电"	"I know the 'ding' produces no music With a broken or lost string. The unseen thunder follows tightly After the lightning."
好梦常被风雨惊醒 喃婼娜的心里闪着霹雳 两股泪水淌过脸上 她低声对着丈夫唱吟	Good dreams were often woken up By the harsh rain and wind. Thunderbolts occurring in her heart, Tears dropped, she echoed,
"你的爱情像血液一样 永远激荡着我的心房 在你的面前 就像在冬天的火塘旁	"You love is warm as the fresh blood Making mine stir and move. Beside you, I feel like sitting Near a winter fire stove."

"请你不要为我伤心
请你不要为我怕去打仗
你的妻子
一万年都是为你活着

"你要很好地带领那些勇士
不要让他们斜着眼睛看你
他们都是正直的人
他们会帮助你杀退仇敌

"我在家里
会用最真诚的心
祈求神灵帮助你
你会感觉到
你的妻子随时都站在你身旁

"去啊，不要说时间长
椰子要十年才会结果
葵花总是向着太阳
你一定会得胜
欢乐的日子会像青松一样"

喃婼娜说完话
又亲了亲他的头巾
召树屯便走出城门
大象已经来到他面前

"My dear, don't worry about me,
Or stop your royal fight.
I will wait for you forever,
Until the end of this plight.

"You should go forward as their head.
Don't let your warriors down.
They are all honest men and help you
To win and guard your crown.

"I will stay at our home and pray
To the gods from my heart.
I will accompany with you,
Surely you can feel it.

"Coconuts are reaped in ten years.
Sunflower favors the light.
Soon our happy times will be back
And you will win the fight."

Nam Ruona kissed his scarf and cried,
"Go ahead. Time flies fast."
Zhao Shutun walked out of the gate,
And rode on the elephant.

他带领着八万人马	Eighty thousand forces were ready.
浩浩荡荡绕过田坝	They moved like a great flood
穿过密密的森林	Passing through fields and thick forests,
向边界出发	Where the border was found.

第九章　灾　难

Chapter Nine　Misfortune Befell

召树屯离开了家乡	Zhao Shutun had left Mengbanjia,
灾难就落在喃婼娜身上	And fought as a warrior.
	The misfortune fell on Nam Ruona,
	But no one could save her.

有一个晚上	Zhao Shutun's father had a dream
召树屯的阿爹做了一个梦	After the sun was down.
梦见他的肠子从肚子里飞出	He dreamed his bowels had flown out
绕着城池转了三转	And twirled around the town.

他坐着肠子	He was sitting on these bowels,
像乘着飞龙在上空游转	As if riding the dragon,
然后肠子又回到他的身上	Then they got back to his body.
	This weird dream made him afraid.

他被怪梦惊醒	Awoken by such a nightmare,
一直呆坐到天亮	He sat dumbly with fear.
是凶是吉	Was it a sign of luck or not?
叫他十分忐忑不安	His heart jumped like a deer.

他把所有的摩古拉都请来
那个最大的摩古拉掐指一算
脸色就发白
话到舌尖又吞了回去

He brought all Morgulas together,
One pinched his finger tips.
After a moment his face turned white,
Words were sealed in his lips.

什么事情使摩古拉作难
什么事情叫摩古拉不敢抬头
经过国王再三请求
摩古拉才说出口

What made this Morgula silent?
Why did he shake his head?
The king asked him to be honest,
Soon he looked up and said,

“灾难就要像火一样燃烧
只因为你家里有了妖气
一棵树结不出两种果子
喃婼娜生得再漂亮
也不能和人住在一起”

“Misfortunes would soon spread like fire,
Nam Ruona brought the curses.
Though her beauty people admire,
She possessed the evil forces.”

国王愕然抬起头
半信半疑地望着摩古拉
他要摩古拉再三推算

“As a tree can't bear two kinds of fruits.”
This presage had shocked the King.
He doubted it and asked him to do
Another fortune-telling.

摩古拉把头低下
装作诚心诚意
掐着指头算了又算
他皱起眉毛眯起了眼睛
嘴里吐出了骇人的字眼

Morgula curled his fingers again,
Pretending to be devout.
His brows wrinkled and eyes were closed,
The evil spell was poured out:

"只有杀了喃婼娜
用她的血来祭百姓的神
才能消除百姓的灾难
才能叫你重生"

"Only if we kill Nam Ruona,
And contribute her blood,
God of Mengbanjia will be pleased,
And the misfortune averted."

国王想了又想
既然是妖气就要除根
他问摩古拉
她该死在什么时辰

The King thought over and over,
Evil must be rooted out.
He asked Morgula about the date
For making the judgment.

摩古拉烧起香火
庄严地宣布
"她将死在龙日
太阳刚刚上升的时刻"

Then Morgula burned the joss sticks.
Solemnly he claimed,
"She will die at the Day of the Dragon,
When the day's torch is flamed."

时刻到了
乌云像青纱盖住太阳
勐板加一片阴暗、凄凉
百姓围在宫殿门前
眼睛都黯然无光

That was a gloomy and dreary day.
Dark clouds curtained the daylight.
People gathered around the Palace
To see her plight.

喃婼娜被叫唤出来
她脸上绯红，满怀喜悦
以为百姓聚集门前
是来迎接丈夫得胜回转

Nam Ruona heard her name was called,
And a blush rose from her neck.
She thought people were cheering
That Zhao Shutun has been back.

当国王向她述说真情	When she knew the cause from the King,
就像魔鬼撕碎了她的心	She grew faint and fell down,
她几次昏倒又几次苏醒	As if a demon tore her heart.
跪在国王的面前哀哀求情	Helplessly she begged the crown:
“阿爹啊	“Dear father, I was a magic bird
我本来是天上的一只神鸟	Flying from a remote place.
因为和你的儿子有缘	It is fate that drove me here
才从天上飞来	To be trapped in his chase.
“我不会给你们带来灾难	“I won't bring you any misfortunes.
求你不要听信谗言	Don't believe those rumors.
只有阿爹的保护	Now only you can protect me
暗箭才射不中我的身	From those secret arrows.
“请你为你尊贵的儿子想一想	“Consider it for your beloved son,
当他得胜回来	When he returns in triumph,
看不见心爱的妻子	And learns that his wife has been killed,
他的心将会碎裂	Could he bear such a grief?
“阿爹啊	“Dear father, the tree will stop sprouting
没有水的树不会发芽	If there is no water.
没有伴的雁啊	The wild goose will die of the grief,
会伤心而死”	If it loses its partner.”

国王不敢抬眼去看喃婼娜
他只说："不杀你
勐板加就会遭难
召树屯也不能回转"

The King dared not look at her.
"If I don't kill you," he said,
"Mengbanjia will be a ruined land,
And my son will be cursed."

喃婼娜脸色苍黄
她的心像风中的布旗一样飘荡
她又向百姓求情
百姓都低头无声

Nam Ruona's face turned pale and grey.
Her heart trembled like the flags.
She pleaded for mercy in public,
However no one responded.

喃婼娜十分伤心
脸上流下两行眼泪
她把头低下
等待死的时辰

Nam Ruona was sad and helpless.
She cried for a moment.
Waving her head, she waited in despair
For her final judgment.

死的时刻即将来临
她向阿妈告别
她说："阿妈啊
我的命运既然是这样
我也只有听从

When the death sentence was pronounced,
She panted out her last wishes,
"Amah, I have to meet my doom,
Since I am to be ashes."

"召树屯回来的时候
请你代我向他告别
倒了的松树还有根
枯了的青草还会再生"

"As long as Zhao Shutun returns,
Say goodbye to him for me.
The falling pine tree still has its root.
The dry grass revives shortly."

阿妈洒下了伤心泪	Amah held her tightly and cried.
走上前去轻轻抚摸喃婼娜的头发	Tenderly she touched her head.
问喃婼娜还有什么话要说	She asked whether Nam Ruona had
	Other wishes to be fulfilled.
喃婼娜擦干了眼泪	Nam Ruona wiped the tears away.
她说：“我是从舞蹈的地方飞来	“I was born to dance”, said she,
当我临死的时刻	“So at the moment of my death,
我只有一个请求	Dancing is my last plea.
“请求把我的羽毛还给我	“Could you bring me my peacock garment?
让我最后跳一次舞	Let me dance the last dance.
再享一次人生的欢乐	I want to recall the joy of life,
我会安心地离开人世”	And it will be my last chance.”
国王看了一看百姓	The King looked around the public.
所有的眼睛都好像说	Their eyes gave him a reply:
“人就要死了	“She is going to die, therefore,
国王应该答应”	Her claim you shouldn’t deny.”
阿妈怯生生地抱出了孔雀衣	Amah brought her peacock garment,
喃婼娜接过来穿在身上	And helped her to put it on.
她拜了拜阿妈	Nam Ruona bowed to thank Amah,
就轻轻起舞	And danced swiftly like a swan.
她抬起头向四面张望	She scanned quickly on all sides.
四面都围满了百姓	People gathered all around.
看过一个一个脸孔	She discerned the faces one by one,
就是不见召树屯	But didn’t see her husband.

她向百姓拜别	She said goodbye to the public,
然后飞向屋顶	And flew over the town.
当她的脚离开了土地	When she was far away from them,
眼泪像点点细雨	Like drizzle her tears fell down.
“阿爹阿妈啊，再见	“Goodbye to these people and places,
头人们啊，再见	My father and Amah,
百姓们啊，再见	The headman and friends from all villages!
勐板加啊，再见	Goodbye to Mengbanjia!
“愿你们都过好日子	“May you all have endless wealth,
愿你们万寿无疆	And a long healthy life.
愿勐板加地方啊	May Mengbanjia be a fertile land
五谷丰收，遍地牛羊	Without famine and strife.
“再见啊，我住过的房屋	“Goodbye, the house that I lived in,
再见啊，我走过的小路	And the roads that left my trace.
再见啊，亲爱的城市	Goodbye, the beautiful kingdom,
再见啊，召树屯的家乡	Mengbanjia, his birthplace.
“请将我的话转告主人	“Please pass on my words to your prince.
我就要飞回勐董板	I will fly to Mengdongban.
要是他怀念我的时候	Let him meet more girls if he misses me,
就找一找别的姑娘吧	And be a rational man.

“千万请他把我忘记	“Ask him to forget me forever.
我是一只无情的鸟	I am a selfish bird.
我就要飞回勐董板	I have been back to my hometown,
勐董板是在另一个世界”	A totally different world.”
喃婼娜展开翅膀	Nam Ruona opened up her wings,
她穿过云层飞向远方	And flew through the thick clouds.
不久，她又飞转回来	Soon she flew back again and swirled
在勐板加上空盘旋	Over Mengbanjia's lands.
她又向勐板加告别	She said goodbye to them once more,
但是她的头依旧不断回转	But her head still turned round,
仿佛她掉落了东西	As if she'd forgotten something, or dropped
仿佛她忘记了金簪	The gold hairpin to the ground.
喃婼娜飞来飞去	Nam Ruona flew a long distance,
又停在一棵黄金果树上	And rested on an abiu tree.
森林里所有的鸟都飞来朝拜	All the birds came here to greet her,
她又渴又累，昏昏欲睡	But she was tired and sleepy.
鸟儿在四面歌唱	The birds were singing on all sides,
喃婼娜一惊	Which made her astonished,
好像看见召树屯	As if she had seen Zhao Shutun,
啊，不，这是召树屯在怀念……	And her name was gently called.

她匆匆飞起
又飞回到金湖边
最初的爱恋
又涌现在她眼前

She changed the route in a hurry,
And flew to the golden lake.
The delight of their first encounter
Had brought her memory back.

她再没有力量远飞
两眼只是呆呆地望着湖水
夜雾的冷气把她惊醒
她才慢慢走到佛寺

She had no strength to fly, and her eyes
Were as heavy as metal.
The chill of night awakened her,
Slowly she walked to a temple.

她拜见了叭拉纳西
要求借宿一夜
叭拉纳西问她从哪里来
是不是从天上来到人间

She met Banāras and asked him
To let her stay for a night.
Banāras wondered where she was from,
And what had caused the blight.

“我不是出来游玩
我的丈夫是召树屯
只因为他去打仗
灾难降落到我的身上

"I am not a tourist here", she said,
"I was Zhao Shutun's wife.
After he went to the battlefield,
Misfortunes visited my life

“如果我的丈夫来到
请你劝他不要去寻找
前面没有人走的道路
野兽到处都会吃人

"If one day he finds you, tell him
To stop looking for me.
There is no road that man can cross,
And beasts have no mercy.

“请把这个金手镯转给他
要是他怀念我
请他问一问金手镯”

“Send my golden bracelet to him.
If he still can’t pull out,
Let him talk to my golden bracelet.
May it bring him comfort.”

第二天一早
喃婼娜又从佛寺飞起
穿过森林和云彩
飞回自己的家乡

Early next morning, she woke up
And started her journey again.
Flying through the forests and the clouds,
She approached Mengdongban.

第十章 追 赶

Chapter Ten Quest

战争已经胜利结束
勐板加的百姓热热闹闹
吹起金号银号
迎接自己的亲人

The war finally ended in triumph.
Mengbanjia filled with cheers.
The golden and silver horns are blown
To welcome these warriors.

召树屯在人群中
找寻自己的妻子
喃婼娜啊
为什么不见你出来欢迎

Zhao Shutun was seeking for his wife
Among a sea of faces.
"Nam Ruona," he cried, "Where are you?
Why can't I see your traces?"

为什么看不见妻子的脸
听不见喃婼娜的声音
他急忙向房里走去
像有什么蒙住了心

Zhao Shutun could neither find his wife,
Nor get her news.
He went back to his house in haste,
And felt something ominous.

他在房门前大喊
"我的喃婼娜呀
你还不曾起床
还是有了什么疾病

He shouted loudly in front of the door,
"Nam Ruona, my dear bride!
I am back home. Have you been sick?
Why are you still in bed?

"你是躲在房里绣花 还是忙着梳妆打扮 难道是金花没有戴好 头发还没有梳完"	"Are you busy with your knitting craft? Is it a gift you prepare? Are you dressing your golden flowers, And combing your long hair?"
头人们向他深深告罪 吃吃地把详情说出 最后，又把喃婼娜的话 小心地转告给他	The villages' headmen told him the fact. They confessed it with regrets. At last, they carefully passed on Nam Nuona's final words.
召树屯呆了半天 像一只飞在空中的鸟 遭到猎人的暗箭 突然跌落下来	Zhao Shutun stood silently for hours, Like a bird in the air Who had been shot by the hunter And had fallen in his snare.
什么话也说不出 眼泪像小河一样流淌 他拜见父母 像一块石头落在地上	He couldn't say a single word. Tears dropped as the flood burst. Later on he met his parents, And a stone was lifted off his heart.
许久许久没有听见声音 阿爹阿妈都着了急 他们把召树屯扶起 故意问他为什么这样伤心	He still kept silent for a long time. His parents were worried. They came to him and raised him up, Asking why he was so sad.

"阿爹啊阿妈	"You don't know what I have suffered.
我虽然活着回来	My dear mother and father,
我的心已经破碎	Although I have come back alive,
	My heart soon dies without her.

"请允许我	"I have to find poor Nam Ruona.
去找寻可怜的喃婼娜	Please grant me my request.
她住的地方对别人是太远	No matter how far her home might be,
对我来说，只在眼前"	Nothing can stop my quest."

阿爹阿妈听见儿子的话	His parents were shocked by his words,
心里像一团乱麻	And their hearts came apart.
刚出山的太阳，又被乌云遮住	The dark clouds shaded the rising sun,
刚回家的儿子，又要离开爹妈	Their son would soon depart.

"我尊贵的英雄呀	"Listen to your father, my hero.
听一听你父亲的话	Girls are easy to find.
各勐都有好姑娘	I can gather all the pretty ones.
我要出一道布告	Hope you can change your mind."
把所有的姑娘都招来	
任由你挑选"	

召树屯立刻回答	Zhao Shutun answered to him at once,
"几千几万的姑娘都漂亮	"Thousands of girls you could find,
她们统统都是好姑娘	Nobody will live in my heart,
却没有一个活在我心上	Though they are pretty and kind."

"只要我还有一口气
我就会去找寻喃婼娜"
召树屯带上吃食和弓箭
立刻出门寻找爱人

"As long as my breath doesn't cease,
I will obey my vow."
Zhao Shutun went on his journey
With some food and a bow.

他又来到金湖边
闻到洛金坎的芳香
怎么能叫他对妻子不怀想
他又坐在湖边低声哭唱

He arrived at the golden lake.
The memory of their past
Was aroused by the scent of Luojinkan[1].
To the wild lake he asked,

"喃婼娜啊
难道我将死在这里
喃婼娜啊喃婼娜
难道我们再也不能相见"

"Nam Ruona, Nam Ruona, my love,
Will I die here forever?
Nam Ruona, Nam Ruona, my love,
Why can't we see each other?"

他又来到佛寺
拜见了叭拉纳西
叭拉纳西对他早已熟悉
他便眯起眼睛

He kept on walking to the temple,
And visited Banāras.
Banāras already knew his tale,
Therefore he closed his eyes:

"你是个有福的人
你熟读了许多佛经
我走得十分疲倦
请你让我歇息一夜

"You are a holy man blessed by gods,
And a knowledgable saint.
I was exhausted by a long walk.
Can I rest here for a night?

---

① A kind of wild yellow flower growing on the aged trees.

“你问我为什么来
我是一个过路人
我是失掉鞘的剑
我是找寻妻子的人

“You want to know what drives me here.
I am a passer-by.
Like a sword which lose its scabbard,
I am a heart-broken fellow.

“喃婼娜是不是经过这里
我应该怎样去找寻
善良的人啊
请你给我指点”

“Has Nam Ruona been to the temple?
How can I find her trace?
Banāras, you are wise and kind.
Please give me some advice.”

叭拉纳西站在他面前
说话好像念经
“曾经有朵云彩飘过金湖
曾经有一只孔雀飞过天空

Banāras stood in front of him,
And started his saint's talk,
“A cloud had floated over the lake,
From the sky flew the peacock.”

“她有一颗纯洁的心
给你留下一只手镯
她劝你另娶妻子
她劝你把她忘记”

“She is pure, and she persuades you
To marry a new wife.
She left a bracelet and wished you
To forget her in your life.”

召树屯接过了金手镯
好像托着喃婼娜
心里像火烧一样难过
泪水又不禁流淌

Zhao Shutun held this pledge of love,
And touched it with pain.
His heart was burnt by the cruel fire;
His tears flowed out again.

行商的人结伴同行	The merchants accompanied each other,
马铃响得咚咚叮叮	The bells of horses were vibrant.
出门的人成双成对	The travellers also went in pairs,
只有他独自一人	Why was his partner absent?
“都卑龙啊	“Dubeilong, you are merciful.
你有一颗慈善的心	Will you honor my request?
请你告诉我	Can you teach me what I should do
我应该怎样去找寻”	To fulfill this hard quest.”
叭拉纳西低沉的声音	Zhao Shutun was greatly disappointed
使召树屯心里难过	By Banāras's deep voice.
他说：“你好好地听着	“I have told you,” Banāras said,
我要依照喃婼娜的话对你劝告	“You should take her advice.
“那里有滚腾的风沙	“There are dusts rolling in the sky,
那里的山有几万丈高	And the mountains without roads.
飞鸟过不去	The flying birds can't pass over it,
野兽走不通	And the beasts shake their heads.
“我没有什么法术	“I don't have a magic power,
也没有什么口诀	Or know a magic spell.
我劝你转回头	You should return to Mengbanjia.
勐板加还有许多姑娘	Mengdongban could be a hell.”
勐董板不是你去的地方”	

召树屯再三请求	Zhao Shutun begged Banūras once more,
“所有的姑娘头髻都偏朝一边	“Girls' hairs are tied on one side.
所有的姑娘和我都没有姻缘	Please tell me any clues about her.
请你把喃婼娜的话说完	She won't put me aside.”
我相信：她还给我留下一颗心”	
叭拉纳西感到十分为难	Banūras was caught in a dilemma.
他说他是念经的人	He was a common monk.
他只能祈求帕召	He could only pray to Pazhao①
为人们消灾免难	To bring people good luck.
召树屯辞别了叭拉纳西	Zhao Shutun went back to the lake,
他又回到湖边	And stirred the water with his hands.
双手捧起了湖水	The Dragon appeared and greeted him
神龙的笑声卷起了波浪	Among the surging waves.
它问召树屯又遇到什么困难	
召树屯回答	“Nam Ruona left,” Zhao Shutun sighed,
“我的妻子离开了我	“I am looking for her.
我要去把她寻找	She lives far away, a place
她住在勐董板地方	That no birds could fly over.
鸟雀也飞不到她的家乡	

① Pazhao, the lord Buddha. Many years ago, the Dai people, men and women, old and young alike, were fond of going to the Buddhist temple to listen to a living Buddha chant the sutras. Legend tells us that this living Buddha was named Pazhao, and that he was the first to come to this land. Lucien Miller. South of the Clouds: Tales from Yunnan [M]. Seattle: University of Washington Press, 1994.

“神龙啊，树木不能离开土地	“Dear Dragon, trees root in the soil,
月亮哪能离开太阳	The sun makes the moon shine.
我离开了喃婼娜	Without her, I am like a gourd
像葫芦离开了葫芦秧”	That falls off from the vine.”
神龙十分同情召树屯	The Dragon gave him two recipes:
慷慨地给了他两种灵药一支神箭	One to relieve his woe,
第一种药能够起死回生	The other to raise the dead,
第二种药能够解除疲倦	And a magic arrow.
神箭可以打破一切阻拦	
召树屯十分感激	Overflowing with gratitude,
他向神龙拜了三拜	Zhao Shutun kneeled three times.
作了九个揖	In a hurry he left the lake
便又匆匆起程	After he made nine bows.
他走了三百三十三天	For three hundred and thirty-three days,
不知走过多少森林高山	He walked through the forests.
野兽不来伤害他	No beasts can hurt him, and the devils
妖魔不敢靠近他的身边	Had to give up their lusts.
晚上他就睡在大树下	At night he slept under the tree,
猫头鹰飞来和他做伴	And the owls were his partner.
他比太阳先起床	He got up earlier than the sun,
他比金鹿先出森林	And ran faster than the deer.

这一天
他走到一条河边
河水像一条黑布
蜿蜒在森林中间

In the middle part of the forest,
He came across a river.
It twisted like a stripe of black cloth
And filled him with horror.

召树屯抽出宝剑
插进水中
剑尖就被溶化
从此，他的宝剑就没有了剑尖

He stuck his sword in the river,
And its point was melted.
Though it was sharp and firmly made,
It had already been ruined.

他向四处张望
对着河水叹息
“难道就是这条河啊
拦住我走到妻子面前”

He looked desperately around.
By the river he sighed,
“Will this river be the barrier
That keeps us separated?”

他沿着河边徘徊
一条巨蟒横在河面
他把神龙的药搽在脚底
飞一样踏上蟒身走过河去

Zhao Shutun wandered to and fro.
A python floated out.
He daubed the ointment on his soles
And stepped swiftly on it.

召树屯又走了三百三十三天
前面出现了三座奇怪的石山
三座石山互相摩擦撞击
像风车一样旋转

Three hundred and thirty-three days passed.
He met three strange mountains
Which collided over one another
And whirled like windmills.

想从天上飞过	He wanted to fly over the mountains,
可惜没有翅膀	But he didn't have the wings.
想从地下穿过	He tried to go through from the ground,
地又没有洞穴	But he didn't find the tunnels.
路啊，不能被阻拦	He picked out the magic arrow,
他拿起那支神箭	And aimed at this mare.
当地射向石山	The stones were cracked on either side,
哗啦一声	Soon no obstruction was there.
石块飞向两边	
随着空中的黄尘	With the yellow dust in the air,
召树屯穿过石山	He passed these stone mountains.
回头一看	Soon the scattered stones had resumed
石块又合成三座石山	Their original appearance.
又走了三百三十三天	In another three hundred and thirty-three days,
召树屯来到砂石的海洋旁边	He arrived at the seashore.
只见一片烟雾	He saw a veil of thick mist and clouds,
下面的砂石沸腾滚卷	And sands seething with a roar.
召树屯站在一棵大树下	Zhao Shutun stood under a big tree.
只听见大风呼呼响	The raging wind rattled
眼睛无法睁开	To slash his face and blur his sight.
	He sighed woefully and said,

"喃娮娜啊 难道我就这样被阻拦 我们再也不能见面 难道没有一种方法 让我走到你的身边"	"How unlucky I am! Oh Wind! Will you rip me apart? Nam Ruona! Is there a shortcut That takes me to your heart?"
召树屯坐了下来 猜想着砂石的海洋有多宽 猜想着海洋底下有没有鱼龙 什么东西能够帮助他渡到对岸	Zhao Shutun calmed down for a moment, "How vast is this awful sea? Are there any fish or dragons That could possibly help me?"
他羡慕一阵阵刮过的大风 他羡慕天空中飘过去的白云 "白云呀，请告诉喃娮娜吧 要是我不能过去 就让我死在这里	He admired the winds and clouds Which blew and floated around. "If not, I would rather die here. Tell it to her. Oh, Cloud!
"我死了也会化为一阵风 要是她的门是朝北边开 我就会吹进她的屋里 要不然我会变为一朵白云 飘到她的屋顶	"If her window opens to the north, Were I a gust of wind Which could blow and drift in her house. Or were I that floating cloud.
"早上我看她梳妆 白天我听她歌唱 晚上啊，我会感觉到 她对我的怀想"	"I will see her dress at dawn, Hear her songs of the day, And feel that she is missing me When the moon is on its way."

天色晚了	When the sun set behind the hills,
鹅托朗开始啼唱	The Night Heron sang softly.
召树屯觉得全身酸痛	Zhao Shutun was so tired and drowsy
他昏昏睡在树下	That he slept under the tree.
半夜里	A strange sound which he never heard
他被什么声音惊醒	Woke him up at midnight.
睁眼一看	It was a pair of Ruohalilins①
一对婼哈里林站在树上	Who chatted in the moonlight.
雌鸟十分忧愁	The female bird was complaining,
她说："如今生活难讨	"Life becomes very tough now,
明天又到哪里去找寻食物"	Where can we get tomorrow's food?"
雄鸟回答："你不必担忧	The male replied on the bough:
勐董板的喃婼娜回到了家	"Don't worry about it, my honey.
叭团要杀象为她庆贺"	Good news from Mengdongban,
	Nam Ruona was back and the elephants
	Would be killed by Batuan."
召树屯暗暗喜欢	Zhao Shutun was pleased and like an ant
他像蚂蚁一样爬到树上	He slowly climbed on the tree.
躲在雌鸟翅膀下	Then he hid under the female bird's wing
用宝剑挖开了毛管	And entered her artery.
就钻到里边躲藏	

① An enormous legendary bird in the mythology of Dai people.

不久就听见马鹿鸣叫
大雾降落下来
天色渐渐发亮
两只大鸟扇起了翅膀

The horses neighed, the deer started to bark,
And the fog became thick.
The two giant birds fluttered their wings
And flew away at daybreak.

飞到海洋中间
雌鸟感到身上发痒
她想抖一抖身子
让什么东西掉进海洋

During the middle of their journey,
The female bird felt uneasy.
She tried to shake her wings and threw off
Some annoying things in the sea.

雄鸟说:"初一不杀生
十五不害命
明天是十五
请你把他饶恕"

"When the New Moon rises, spare one's life;
When the Full Moon falls, be kind.
Tomorrow is the Full Moon's day,"
The male bird tenderly said.

第十一章　到了勐董板地方
Chapter Eleven　Arrived at Mengdongban

乌云里出现了阳光	The sun shone down through the dark
喃婼娜飞回到她的家乡	Clouds, Nam Ruona had been home.
阳光铺满地	Her hometown was bathed in sunlight,
鲜花朝她开放	And flowers were in full bloom.
父母姐姐都解开心里的疙瘩	All her family was so excited
一个个都很高兴	That they forgot their wrath.
公主回来了	Their princess was back like a sword
正像宝剑插回剑鞘	Replaced in its sheath.
叭团叫人齐放六门大炮	To celebrate his daughter's return,
通知全城的人都为女儿祝贺	Batuan fired six salutes.
百姓都像过节一样	People joyfully waited
等待着拴线的时刻	To see the wedding rites.
叭团又拿一对金手镯给喃婼娜	Batuan gave her two golden bracelets,
他不愿意把派兵救她的事告诉她	And hid his rescue plan.
他说："女儿啊	"My daughter," he said, "From now on,
从此，你再也不要离开勐董板	Just stay at Mengdongban.

"愿你常在父母身边
像小鸟一样快活
愿你不要再惹上祸端
好让爹妈多活几年"

"I hope you can live with your parents
As happy as the bird.
I wish no troubles could bother you,
And your joys would not end."

父亲把金镯带在她手上
喃婼娜两手闪闪发光
她和以前一样美丽
黑色的眉毛发亮
两只眼睛水汪汪
就像都拉出现在眼前

He put the bracelets on her hands.
She was as fair as ever.
Her brows were dark, and eyes were bright,
As Durga① that came over.

慈祥的父母坐在她身边
姐姐们都围在她后面
问她捉她的猎人是谁
这些日子她怎么生活

She sat between her tender parents,
And embraced by her sisters.
They wondered whom the hunter was,
And how she spent these days.

喃婼娜又想起了召树屯
她说猎人是她的丈夫
他们就像鱼和水
他们好像星星和月亮

Nam Ruona spoke of Zhao Shutun,
Whom she married later.
They lived as the moon with the stars,
As the fish in the water.

全家人都十分惊奇
猎人怎么就夺去了她的心
难道她不是兵马抢救回来
难道她只是回来探亲

They were all surprised for what reasons
The hunter could trap her heart.
Wasn't she rescued by the soldiers?
Would she again depart?

---

① Durga appeared as the beautiful goddess Parvati to soothe the worried gods.

喃婼娜又埋怨战争	Nam Ruona complained of the war
战争拆散了他们	That pushed them to divorce.
为了战争	Zhao Shutun had led his brave men
召树屯率军出征	To bring their nation peace.
叭团吃了一惊	Batuan was startled and felt uneasy,
从头发到脚趾他都感到不安	A chill came from head to toe.
难道那个勇敢善战的少年	Zhao Shutun was that brave warrior
就是喃婼娜的男人	Whom he once treated as the foe.
要是真的把他杀了	If Batuan had killed Zhao Shutun,
岂不害了喃婼娜的一生	Her daughter wouldn't forgive him.
他的嘴唇轻轻颤动	Slightly his two lips started to tremble,
眼光显露着惶惑不宁	And his eyes were pale and dim.
召树屯走了九百九十九天	In nine hundred and ninety-nine days,
来到了一个城市	Zhao Shutun reached a town.
这就是勐董板地方	It was the place where lived Nam Ruona,
这就是喃婼娜的家乡	It was called Mengdongban.
召树屯走近城外的撒拉房	Zhao Shutun rested in a salar-house①,
只见人们来来往往	And watched people from the towns.
女人们穿着五彩的绸缎	Women all dressed in delicate silks,
身上的珠宝闪闪发光	And jewels shone on their gowns.

① A traditional Dai pavilion for travellers to take a rest.

召树屯走了三年	Zhao Shutun had walked for three years,
勐董板才过了三天	Mengdongban passed three days.
姑娘们用金锅挑水	Girls fetched water by the golden jars,
准备为喃婼娜拴线	And spun the wedding threads.
有一个姑娘叫喃新莎	Among all of the busy maids,
她是喃婼娜的侍女	One is called Nanxinsha.
她挑着金锅走到井边	She was fetching water by the stream
她要给喃婼娜挑水洗身	For the princess Nam Ruona.
召树屯走向喃新莎的身边	Zhao Shutun stepped up to Nanxinsha,
他暗暗祈求天神	And begged the god of heaven—
如果她是给喃婼娜挑水	If she fetches water for Nam Ruona,
求天神叫她提不起金锅	May her jars be frozen.
果然，喃新莎虽然用尽力气	Nanxina failed to lift the jars,
用尽力气也不能把金锅提起	Just as Zhao Shutun wished.
她抬头看见了召树屯	She looked up and saw Zhao Shutun,
就请求他帮忙助一臂之力	Who could offer her a hand.
召树屯帮她把金锅抬上肩	Zhao Shutun put the bracelet in one jar
他悄悄把金手镯放进锅里	When he helped the jars to lift.
他说：“你是个好姑娘	“You are a nice lady,” he praised,
你生得这样美丽”	“Beauty is your precious gift.”

姑娘满脸通红	Though her face blushed, she laughed
心里却像吃了蜂蜜	In her heart, "You are a charming parrot,
她说："小伙子呀	I am only rotten wood," she said,
你是一只会说话的鹦哥	"So please don't toy with me.
我是一棵快枯的老树	
请你不要拿我取乐	
"你长得这样漂亮	"You are the most handsome man here,
勐董板找不到你这样耀眼的太阳	As bright as the sunlight.
我没有福气请你挑水	Thanks for the favor you did for me,
全城的百姓都正在奔忙"	We are busy day and night."
召树屯又问道	Zhao Shutun said, "Lady, to and fro
"姑娘呀，你来来回回挑了这样多水	You fetched water without rest.
是不是像燕子衔泥	Are you a swallow that carries mud
为自己筑巢"	To build yourself a nest?"
喃新莎觉得很惊奇	"We all know that Nam Ruona was back,"
"全城的人都知道喃婼娜回来	She was greatly surprised.
小伙子呀，难道你没有给她祝贺	"Haven't you welcomed her in the square?
我挑的水就是为她洗福"	This water will make her blessed."
"姑娘啊，原来你挑的是仙水	"Oh, it is the magic water.
你应该告诉喃婼娜举起手来	You can tell your princess
再把圣水从她头上冲下	That she should pour the water overhead
这样她的福气就会更大"	To have more happiness."

<table>
<tr><td>喃新莎回去后依照他的话去做
当水从喃婼娜头上冲下
金手镯便落在她的手上
喃婼娜十分奇怪
为什么这只金手镯又回到她手中</td><td>Nanxinsha took Zhao Shutun's words,
And washed Nam Ruona's head.
The bracelet fell out of the jar,
And slipped into her hand.</td></tr>
<tr><td>她问喃新莎遇到了谁
来自何方
什么样子
什么姓名</td><td>Nam Ruona couldn't believe her eyes,
So she asked Nanxinsha,
"What does he looks like? What's his name?
Is he from Mengbanjia?"</td></tr>
<tr><td>喃新莎回答
"今天挑水不比平常
有一个年轻的小伙子
问我为什么挑水
又教了我这个办法"</td><td>"It's an unusual day," she replied,
"A young man wanted to know
For whom I fetched water and taught me
How to make good luck flow."</td></tr>
<tr><td>喃婼娜又高兴又疑惑
难道丈夫真的来到
他是地上走来
还是天上飞来</td><td>Nam Ruona was happy and confused,
Had her husband come for her?
But how did he pass the long walk?
Did he fly through the air?</td></tr>
<tr><td>喃婼娜急忙披上纱毯
向她的父母跑去
一面走一面流泪
一面揩眼泪一面叫喊</td><td>She cloaked herself in a blanket,
And hurried to see her father.
Tears had come up into her eyes,
She wiped it away and cried:</td></tr>
</table>

“阿爹阿妈啊	“My dear parents, I have a good news,
我的丈夫……他来了	My husband has arrived.
喃新莎亲眼看见	By the stream Nanxinsha witnessed
他现在井边……”	Zhao Shutun had appeared.”
叭团和头人们都很惊奇	Batuan and the headmen were shocked.
他们虽然心里感到怀疑	Although it was suspicious,
还是派了人马来到井边	They still sent an elephant to the stream
把召树屯接回宫殿	And brought him to the Palace.

第十二章　团　圆
Chapter Twelve　Reunion

叭团看见召树屯心里喜欢	Batuan was delighted with Zhao Shutun,
年轻帅气一表人才	What a handsome talent!
他摆开酒席	He didn't let him see Nam Ruona,
却不让他们夫妻见面	Instead, he gave him a feast.
召树屯十分纳闷	Zhao Shutun's face wore a puzzled frown,
两眼四处张望	And his eyes looked around.
送酒送菜的人来来往往	He saw people passing wines and dishes,
就是不见喃婼娜的面	But his wife couldn't be found.
喃婼娜啊	Nam Ruona paced up and down the room,
急得像火烧身	As if being burnt by fire.
窗前望了后门瞧	She stared at the back gate and wondered
为什么还不见召树屯进来	Why she couldn't see her dear.
叭团举起酒杯	Batuan held up his glass and said,
只把闲话问	"Young man, how did you get here?
"年轻的人，你是怎么来的	By the swift winds or the floating clouds?
顺着大风呢，还是驾着白云	Distance is a great barrier.

“你的父母在哪里 你的家乡是什么情形 为什么独自一人来 你有什么本领”	“Where are your father and mother? What about your kingdom? Why do you come here on your own? How about your wisdom?”
召树屯回答一句转一下眼 到了勐董板地方 难道是喃婼娜故意不见 难道是丈人对他敷衍	Zhao Shutun answered one by one, The doubts came into his thought. Was he fooled by Nam Ruona, or tricked By his father-in-law?
召树屯跪在叭团面前 他请求得到饶恕 冒昧来到勐董板地方 只要求和喃婼娜见一面	Zhao Shutun kneeled before Batuan, Begging him to save his life. He apologized for the intrusion And asked to see his wife.
叭团有意要看一看女婿的本领 让头人和百姓都来称赞召树屯 他传令用铁挡住道路 再把石头堆成石墙 第三层的石墙又钉上铁钉	Batuan had set him some hard tests, So required his men to praise him, And lay three iron and stone walls With the nails to make them firm.
他说：“年轻的人 你能够一箭打开这道墙 喃婼娜就是你的妻子 我就把你招为女婿”	“Young man, if you can shoot through them, I promise,” Batuan said, “I will let Nam Ruona to see you, And you will get married.”

召树屯只好拿起弓箭
沉着地骑上马
像百鸟中飞来一只凤凰
四面的眼光都看着他

On the horse Zhao Shutun drew his bow,
He had to prove his fame.
Like a phoenix in a flock of birds,
All eyes were bent on him.

他拉起弓
马往前扑，风往后闪
箭响如雷鸣
三道墙全都崩开

The bow was bent to its limit,
The horse ran at full gallop,
The arrow flew faster than the wind,
And three walls cracked apart.

百姓都“水！水！”地欢呼
没有人不称赞召树屯的本领
力气最大的是象
象不能推开石墙

"Hooray," a cheer rose from the crowd,
Zhao Shutun won their applause.
The elephant had the greatest strength,
But it couldn't move the walls.

召树屯以为就会见到喃婼娜
没有想到叭团又叫人搭了一个平棚
用布把四面遮住
上面还绣了许多花朵

Batuan didn't fulfill his promise,
Again he made a flat tent.
His men covered it with a cloth,
And sewed flowers on it.

中间挖了一千个眼睛一样大的小洞
他叫了九百九十九个姑娘陪着喃婼娜
每人都从棚里伸出一个手指
然后把召树屯叫到棚下

Countless holes on the cloth are like eyes,
Nam Ruona hid with her maids.
Nine hundred and ninety-nine fingers
Stretched out of the holes as buds.

“年轻的人啊	“Young man, if you fail to recognize
如果你认不出喃婼娜的手指	The one you are looking for,
就请你快点转回家	You should leave,” Zhao Shutun was told,
以后再也不要想念喃婼娜”	“And see Nam Ruona no more.”
召树屯皱起了眉头	Zhao Shutun frowned and asked himself,
深山里捉鱼	“Fishing in the mountains,
还可以找到沟	I'd seek a pond.
一千个手指，像一千枝藕芽	But a thousand fingers
叫他选择哪一个	Each a lotus root,
	How can I tell which is hers?”
他绕着布棚走了一圈	He made a circuit of the tent
一千个手指都看了一遍	To make a right selection.
其中有一个手指	Like a firefly that lit on it,
像有一只萤火虫落在上边	One had drawn his attention.
这是玉石戒指	It was the jade ring she had worn.
啊！不，这是喃婼娜爱情放出的光焰	No! It was her love that flew.
他紧紧抓住了这个手指	He held this finger tightly and said,
这就是我的喃婼娜	“Nam Ruona, I've found you!”
头人百姓都为他欢呼	The headmen and the crowd all cried
叭团和他妻子	For what he had experienced.
扶出了喃婼娜	Nam Ruona came out with her parents,
百姓四面把他们围住	Finally they were reunited.

召树屯和喃婼娜	Prince Zhao Shutun and Nam Ruona
站在百姓的中间	Stood as the crowd roared like waves,
就像千万匹绿叶中间	Like two red roses that fully bloomed
开放出两朵鲜红的玫瑰	Among thousands of green leaves.
头人和百姓都向他们朝拜	The headmen and the crowd bent to them,
有的人献上好马和大象	Someone brought the best horses,
有的人为他们祝福	Others sent the elephants and good wishes,
从今后，永远不再分离……	And may their love never cease.

参考文献

[1] 白桦．关于《孔雀公主》[J]．电影艺术，1983 (10).

[2] 板永明．傣族谚语中的传统社会道德规范——以德宏傣族谚语为例[J]．德宏师范高等专科学校学报，2014 (4).

[3] 毕椁．民间文学概论 [M]．北京：民族出版社，2004.

[4] 陈风华，董成见．多模态翻译的符际特征研究——以《习近平谈治国理政》为中心 [J]．学术探索，2017 (10).

[5] 陈兰芳．召树屯 [M]．武汉：武汉大学出版社，2020.

[6] 陈孟云．傣族贝叶文化资源的现代性之路——以傣族舞剧和电影《孔雀公主》为例 [J]．云南社会科学，2011 (5).

[7] 陈悦，陈超美，刘则渊，等．CiteSpace 知识图谱的方法论功能 [J]．科学学研究，2015，33 (2).

[8] 陈志杰．文言语体与文学翻译：文言在外汉翻译中的适用性研究 [M]．上海：上海外语教育出版社，2009.

[9] 但国干．少数民族谚语的特色 [J]．中央民族学院学报，1985 (4).

[10] 杜晓杰．多元共生 [M]．武汉：武汉大学出版社，2019.

[11] 东方既晓．《召树屯》《朗退罕》渊源新证 [J]．云南社会科学，1989 (1).

[12] 樊涌．德宏傣族剪纸动漫《孔雀公主》来了 [EB/OL]．(2019-04-11)．http：//msyun. ynurl. com/p/846. html.

[13] 傅光宇．《召树屯》源流辨析 [J]．民族文学研究，1996 (3).

[14] 付文慧. 多重文化身份下之戴乃迭英译阐释 [J]. 中国翻译, 2011, 32 (6).

[15] 郭超. 民族生活土壤的艺术瑰宝——《召树屯》与《智勇的王子希热图》的比较 [J]. 内蒙古社会科学, 1982 (1).

[16] 郭海霞, 曾刚. 民族文化认同研究热点与前沿的知识图谱分析——基于 CSSCI (1998—2020) 数据 [J]. 西南民族大学学报 (人文社会科学版), 2021, 42 (4).

[17] 郭青剑. 刀美兰: "金孔雀" 一飞 60 年 [N]. 中国艺术报, 2015-04-29 (T01).

[18] 郝会肖, 任佳佳. 从《召树屯》到《孔雀公主》——中国少数民族文学的多模态影视改编研究 [J]. 电影评介, 2019 (16).

[19] 郝会肖, 任佳佳. 多模态视阈下傣族叙事诗《召树屯》英译与民族文化认同研究 [J]. 贵州民族研究, 2019, 40 (9).

[20] 何明星. 中国图书的世界影响力年度研究报告 (1949—2015) [M]. 北京: 新华出版社, 2016.

[21] 何少林, 白云. 中国傣族 [M]. 银川: 宁夏人民出版社, 2012.

[22] 霍丽丽. 中西医药神话比较研究 [M]. 哈尔滨: 黑龙江大学出版社, 2017.

[23] 黄信. 译随境变: 李正栓的英译思想 [N]. 中国社会科学报, 2021-04-21 (9).

[24] 黄中习. 布洛陀史诗文化的多模态、多媒体译介初探 [J]. 桂林师范高等专科学校学报, 2019, 33 (4).

[25] 黄中习. 汪榕培中国典籍英译思想的计量可视化分析 [J]. 外国语文研究, 2021, 7 (1).

[26] 江枫. 形似而后神似——在 1989 年 5 月全国英语诗歌翻译研讨会上的发言 [J]. 中国翻译, 1990 (2).

[27] 焦辰龙. 召树屯 [M]. 广州: 广东教育出版社, 2007.

[28] 金湘. 西双版纳的一颗明珠——舞剧《召树屯与婻木婼娜》观后

[J]. 人民音乐，1979（Z1）.

[29] 柯琳. 中国少数民族叙事长诗的曲艺特性 [J]. 曲艺，2015（9）.

[30] 李昌银. 召树屯 [M]. 吴相如，吴炯，译. 昆明：云南人民出版社，2018.

[31] 李敏杰，朱薇.《阿诗玛》戴乃迭英译本中的民族文化传译 [J]. 民族翻译，2019（2）.

[32] 李明. 论少数民族典籍外译的伦理原则 [J]. 青海民族研究，2015，26（3）.

[33] 李耀宗. 少数民族谚语汉译三题——《中国谚语集成》译编手记 [J]. 中央民族大学学报，1995（5）.

[34] 李雨婷. 傣族民间叙事长诗《召树屯》的英译报告 [D]. 中南民族大学，2017.

[35] 李昳华. 景观文化 [M]. 昆明：云南大学出版社，2011.

[36] 李沅. 傣族史诗《召树屯》故事原型初探 [J]. 民族文学研究，1984（2）.

[37] 李云川. 召树屯与喃木诺娜：傣族典藏的文艺史诗 [M]. 昆明：云南教育出版社，2018.

[38] 李战子. 多模式话语的社会符号学分析 [J]. 外语研究，2003（5）.

[39] 李正栓. 典籍英译与民族典籍英译研究新成就 [J]. 外语与翻译，2017，24（3）.

[40] 刘佳云. 傣剧与德宏傣族的文化记忆 [M] //中国艺术研究院戏曲研究所《戏曲研究》编辑部. 戏曲研究：第108辑. 北京：文化艺术出版社，2019.

[41] 刘目宾. 傣族叙事诗《召树屯》产生、发展的原因及背景 [J]. 民族文学研究，2004（4）.

[42] 刘荣昆. 傣族生态文化研究 [M]. 昆明：云南大学出版社，2011.

[43] 刘守华. 纵横交错的文化交流网络中的《召树屯》[J]. 民族文学研究，1990（1）.

［44］刘玉皑．民族志导论［M］．北京：民族出版社，2018.

［45］陆健泽．动画传播中的符号学思维：评李涛《动画符号与国家形象》［J］．符号与传媒，2016（1）.

［46］路易·艾黎．关于翻译的几点意见［J］．中国翻译，1983（4）.

［47］罗曲，秦艳．建设文化强国语境下的民族民间长诗——关于《云南少数民族古典史诗全集》《云南少数民族叙事长诗全集》［J］．文史杂志，2019（5）.

［48］罗选民，李婕．典籍翻译的内涵研究［J］．外语教学，2020，41（6）.

［49］马克·本德尔，黄立．走向世界的中国西南少数民族文学——俄亥俄州立大学马克·本德尔（Mark Bender）教授访谈录［J］．民族学刊，2014，5（5）.

［50］迈克尔·费希尔．族群与关于记忆的后现代艺术［M］//詹姆斯·克利福德，乔治·马库斯．写文化——民族志的诗学与政治学．高丙中等，译．北京：商务印书馆，2006.

［51］潜明兹．《召树屯》类别探微［J］．思想战线，1984（1）.

［52］曲小月．儿童绘本发展现状述评［J］．中国图书评论，2008（11）.

［53］施咏．中国传统乐论［M］．南京：东南大学出版社，2018.

［54］寿轩．傣族叙事长诗中的奇数［J］．思想战线，1988（2）.

［55］史宗龙，赵自庄．略论几部傣族古代叙事长诗的思想性和艺术特色［J］．思想战线，1978（4）.

［56］唐白晶．新时期云南代表性民族舞剧创作述评［J］．北京舞蹈学院学报，2017（3）.

［57］谭载喜．西方翻译简史［M］．北京：商务印书馆，1991.

［58］陶阳．优美的诗篇——《召树屯》［J］．读书，1959（11）.

［59］田联韬．在创作中对云南民族音乐的学习与运用——电影音乐《孔雀公主》创作札记［J］．民族艺术研究，2009（5）.

［60］托马斯·杜波依斯，韩戈金．民族志诗学［J］．民族文学研究，2000

(S1).

[61] 王海燕，刘欣，刘迎春．多模态翻译视角下中国古代科技文明的国际传播［J］．燕山大学学报（哲学社会科学版），2019，20（2）．

[62] 王宏印，李宁．民族典籍翻译的文化人类学解读——《福乐智慧》中的民俗文化意蕴及翻译策略研究［J］．民族文学研究，2007（2）．

[63] 王宏印，荣立宇．典籍翻译，任重道远——王宏印教授访谈录［J］．燕山大学学报（哲学社会科学版），2013，14（3）．

[64] 王军．民族志翻译——少数民族典籍外译的有效途径［J］．贵州民族研究，2014，35（11）．

[65] 王治国．集体记忆的千年传唱［D］．南开大学，2011．

[66] 汪榕培，黄中习．加强民族典籍的英译，弘扬民族优秀文化［J］．广西民族研究，2008（4）．

[67] 王松．傣族长诗《召树屯》纵横谈［J］．思想战线，1982（4）．

[68] 王松．王松学术文选［M］．昆明：云南大学出版社，2014．

[69] 王秀萍．中国民族乐器简编［M］．北京：新华出版社，2013．

[70] 王悦晨．多模态边界写作中的三维翻译与文化杂糅［J］．中国翻译，2018，39（1）．

[71] 王伟．谈舞蹈“召树屯与南吾罗蜡”的演出及其他［J］．边疆文艺，1956（12）．

[72] 吴玉天．访雪域大师：西藏密宗考察访谈纪实［M］．兰州：甘肃民族出版社，1996．

[73] 谢远章．《召树屯》渊源考［J］．云南社会科学，1982（2）．

[74] 新华社．习近平：在中国文联十大、中国作协九大开幕式上的讲话［EB/OL］．（2016－11－30）．http：//www.xinhuanet.com/politics/2016－11/30/c_1120025319.htm．

[75] 许勉君．中国多模态翻译研究述评［J］．广东外语外贸大学学报，2017，28（2）．

[76] 岩叠，等．召树屯［J］．边疆文艺，1956（12）．

[77] 岩峰，王松，刀保尧．傣族文学史［M］．昆明：云南民族出版社，2014.

[78] 姚宝瑄．《召树屯》《格拉斯青》与《牛郎织女》之渊源关系——兼谈中国鸟衣仙女型传说对古代印度的影响［J］．民族文学研究，1987（5）．

[79] 姚望，姚君伟．译注何为——论译注的多元功能［J］．外语研究，2013（3）．

[80] 杨宪益．杨宪益对话集：从《离骚》开始，翻译整个中国［M］．北京：人民日报出版社，2011.

[81] 一叶．程十发画召树屯插图集［J］．艺术市场，2005（10）．

[82] 袁炳昌，冯光钰．中国少数民族音乐史（上）［M］北京：中央民族大学出版社，1998.

[83] 玉康，张秋生，岩温龙．西双版纳傣语基础教程［M］．昆明：云南民族出版社，2006.

[84] 于坚．要赶紧做——写在新版《云南民族民间文学典藏》前面［M］//岩叠，陈贵培，刘绮，等．召树屯．昆明：云南人民出版社，2009.

[85] 张自春．傣族民间叙事诗《召树屯》的整理出版与改编［J］．民族文学研究，2016，34（5）．

[86] 张德禄，王正．多模态互动分析框架探索［J］．中国外语，2016，13（2）．

[87] 郑大华．铸牢中华民族共同体意识［N］．人民日报，2019－02－27（9）．

[88] 郑莹，余宗宽．时间与历法［M］．福州：福建教育出版社，1993.

[89] 郑筱筠．佛教故事与傣族《召树屯》故事渊源［J］．云南社会科学，2001（2）．

[90] 郑筱筠．跨界与融合：佛教与民族文化的云南叙事［M］．北京：中国社会科学出版社，2015.

[91] 曾毅平．傣族谚语与傣族文化［J］．暨南学报（哲学社会科学），2000（4）．

［92］赵瑛．傣族［M］．沈阳：辽宁民族出版社，2014.

［93］朱玲．多模态：翻译研究的新视角［N］．中国社会科学报，2017 - 12 - 26（003）．

［94］朱自强．老故事的价值［M］//亲近母语研究院．中国老故事：民俗故事．桂林：广西师范大学出版社，2016.

［95］中新网．中文图书被全球图书馆收藏品种增加，海外影响力加大［EB/OL］．（2013 - 08 - 30）．https：//www. chinanews. com/cul/2013/08 - 30/5228430. shtml.

［96］Borodo M. Multimodality，Translation and Comics［J］．Perspectives Studies in Translation Theory and Practice，2015（23）．

［97］Brown M，Ganguly S. Fighting Words：Language Policy and Ethnic Relations in Asia［M］．Cambridge，Mass：MIT Press，2003.

［98］Clark P. Ethnic Minorities in Chinese Films：Cinema and the Exotic［J］．East West Film Journal，1987（2）．

［99］Davis S. Song and Silence：Ethnic Revival on China's Southwest Borders［M］．New York：Columbia University Press，2005.

［100］Dicerto S. Multimodal Pragmatics and Translation：A New Model for Source Text Analysis［M］．London：Palgrave Macmillan，2018.

［101］Gall T. Worldmark Encyclopedia of Cultures and Daily Life：Asia & Oceania［M］．Gale Cengage Learning，2009.

［102］Gibbons A. Multimodal Literature and Experimentation［M］//Bray J，Gibbons A，McHale B. The Routledge Companion to Experimental Literature. London：Routledge，2012.

［103］Guillory J. Genesis of the Media Concept［J］．Critical Inquiry，2010（2）．

［104］Jauss H. Toward an Aesthetic of Reception［M］．Minneapolis：University of Minnesota Press，1982.

［105］Jones L. Encyclopedia of Religion：Volume 6［M］．Detroit：Macmillan

Reference USA, 2005.

[106] Ketola A. Towards a Multimodally Oriented Theory of Translation: A Cognitive Framework for the Translation of Illustrated Technical Texts [J]. Translation Studies, 2016 (1).

[107] Kress G, Van Leeuwen T. Reading Images: The Grammar of Visual Design [M]. London: Routledge, 1996.

[108] Kress G, Van Leeuwen T. Multimodal Discourse: The Modes and Media of Contemporary Communication [M]. London: Arnold Publishers, 2001.

[109] Leigh S. Peacock Princess: A Self-Rescuing Princess [M]. CreateSpace Independent Publishing Platform, 2015.

[110] Lishi G. An Elementary Introduction to the Dai Proverbs in Xishuangbanna [J]. The South East Asian Review, 1998 (18).

[111] Lufkin F. Images of Minorities in the Art of the People's Republic of China [D]. University of California, Berkeley, 1990.

[112] Macdonald S. Animation in China: History, Aesthetics, Media [M]. London: Routledge, 2015.

[113] Mackerras C. Chinese Drama: A Historical Survey [M]. Beijing: New World Press, 1990.

[114] Martin J R. Genre and Language Learning: A Social Semiotic Perspective [J]. Linguistics and Education, 2009 (1).

[115] Miller L. South of the Clouds: Tales from Yunnan [M]. Seattle: University of Washington Press, 1994.

[116] Newmark P. A Textbook of Translation [M]. London: Prentice Hall International, 1988.

[117] Pym A. Method in Translation History [M]. Beijing: Beijing Foreign Language Teaching and Research Press, 2007.

[118] Roche G, Dechun L. Long Narrative Songs from Northeast Tibet [M]. Cambridge: Open Book Publishers, 2017.

［119］ Scott C. Literary Translation and the Rediscovery of Reading［M］. Cambridge: Cambridge University Press, 2012.

［120］ Sharma A. Records, Recoveries, Remnants and Inter-Asian Interconnections: Decoding Cultural Heritage［M］. Singapore: ISEAS-Yusof Ishak Institute, 2018.

［121］ Stone N. Poetics in the Ethnographic［J］. Commoning Ethnography, 2018 (1).

［122］ Swearer D. The Buddhist World of Southeast Asia［M］. New York: State University of New York Press, 1995.

［123］ Taylor E. Primitive Culture［M］. London: John Murray, 1871.

［124］ Venuti L. The Translator's Invisibility: A History of Translation［M］. London: Taylor & Francis, 2004.

［125］ Venuti L. Translation and Minority: Special Issue of "the Translator"［M］. London: Taylor & Francis, 2016.

［126］ Wilcox E. Revolutionary Bodies: Chinese Dance and the Socialist Legacy［M］. Oakland: University of California Press, 2018.

［127］ Wills P. Foreword［M］//Baker C. Culture Studies: Theory and Practice. London: Saga Publication, 2004.

［128］ Xiu A. Chaoshutun and Nannona［M］. Beijing: Foreign Language Press, 1961.

［129］ Yang G. The Peacock Maiden: Folk Tales from China［M］. Beijing: Foreign Language Press, 1958.

［130］ Yowell A, Muftan S L. Principles of Translation［M］. Benghazi, Libya: Dar Annahda Alarabiya, 1999.

［131］ Yuan H W. Princess Peacock: Tales from the Other Peoples of China［M］. Libraries Unlimited, 2008.